Käthe Theuermeister

Glückliche Zeit für Cornelia

An einem herrlichen Sonnentag kommen Cornelia und ihre Mutter in dem schönen Alpendorf am Fuße der gewaltigen Bergriesen an. Und herrlich sind auch die ersten Tage im Waldachtal. Aber dann geschehen plötzlich unbegreifliche Dinge, und im Nu ziehen Argwohn und Furcht in die Hotelpension „Alpenrose" ein. Am schlimmsten ergeht es dabei Cornelia und ihrer Mutter, denn auf die beiden fällt ein böser Verdacht.

Zum Glück stehen sie nicht allein. Ein wahrer Freund hält zu ihnen und nimmt sich ihrer Sache an. Aber kann er ihnen auch helfen? Das ist nämlich gar nicht so einfach, denn die wirklich Schuldigen spielen ein ebenso geschicktes wie verwerfliches Spiel.

Wer die Welt der Berge und echte Spannung liebt, dem wird dieses Buch bestimmt gefallen.

Für Mädchen ab 10 Jahren

Best.-Nr. 750

Glückliche Zeit für Cornelia

Ein Sommer in den Bergen

von

Käthe Theuermeister

NEUER JUGENDSCHRIFTEN-VERLAG

Hannover

ISBN 3-483-00750-4

Einbandbild: H. Wahle · Textzeichnungen: L. Mimler

Alle Rechte, einschließlich der für Bild und Ton, vom Verlag vorbehalten.

Printed in Germany © Neuer Jugendschriften-Verlag 1967

Satz: J. D. Broelemann, Bielefeld

Druck: Göttinger Druckerei- und Verlagsgesellschaft mbH, Göttingen

INHALTSVERZEICHNIS

1. Ankunft in Waldach   7

2. Auf gute Freundschaft!   20

3. Neue Gäste in der „Alpenrose"   36

4. Der Toni hat große Pläne   46

5. Mißtrauen und Kummer   60

6. Spaziergang am Abend   72

7. Auf der Alm   83

8. Eine verwerfliche Tat   94

9. Ertappt!   106

10. Glück zu dritt   119

1. Ankunft in Waldach

Die Sonne ist hinter den Bergen aufgegangen. Ihr Schein hüllt die Baumkronen der Hochwälder in erstes goldenes Licht, gleitet dann tiefer, um Wald und Berge mit ihrem Glanz zu erfüllen. Zuletzt erfaßt sie das Tal, das wie eine grüne, schmale Schlucht zwischen den Bergen liegt.

In Waldach, dem kleinen Ferienort, der sich mit seinen Häuschen in das Tal und gegen die Berge schmiegt, bellt ein Hund, muhen die Kühe in den Ställen.

Es ist nur wenig von Waldach zu sehen, denn der wellige Wiesenboden versteckt mit Bäumen und Büschen einen Teil des Dorfes. Nur die Kirche St. Vincent, die etwas erhöht liegt, und einige Häuserdächer sieht man im Tal liegen.

Auf der anderen Seite führt eine schmale Straße am Berg entlang. Sie windet sich durch das ganze Tal, soweit sie es vermag. Dann endet sie, weil ihr der Winterkogel mit seiner majestätischen Größe den Weg versperrt.

Der asphaltierte Fahrweg, der nach Waldach abbiegt, führt auf neuerbauter Brücke über die Waldach, kurz Ache genannt. Als kleine, unscheinbare Quelle entspringt sie einer Felsspalte des Haferlkopfes, plätschert als munterer, kaum drei Meter hoher Wasserfall zwischen den Felsen herab, zwängt sich durch das Waldachtal, immer mehr Platz fordernd, um sich dann bei Weltenhausen als breiter, lebhafter Fluß in den Strom zu ergießen, der hinter den Bergmassiven dem fernen Meer entgegenrauscht.

Unter der Brücke von Waldach donnert, gurgelt, rauscht und plätschert die Ache über Geröll und große Steine hinweg, zwängt sich durch kleine Schluchten und springt über Baumstämme, die die Wasser mit sich gerissen haben. Sie kräuselt sich am Ufer im Zustrom eines Wasserfalles, der ihr unter der Straße hinweg von den Bergen zufließt.

Das Dorf Waldach erstreckt sich an seiner Hauptstraße entlang. Es hat breite, weiße Häuser mit braunen Holzbalkonen, wie sie überall in Bayern zu finden sind. Waldachs Straßen sind sauber. Der Ort lebt hauptsächlich vom Fremdenverkehr. Überall plätschert Wasser in blumengeschmückten Brunnen. Die Figuren hat ein einheimischer Holzschnitzer nach bäuerlichen Motiven gefertigt.

Waldach hat mehrere Fremdenpensionen und Gasthöfe und sogar zwei Hotels. Das bekannteste ist das Hotel „Alpenrose". Es liegt an der Hauptstraße, der Achenstraße, ist dreistöckig und modern eingerichtet. Alois Huber, ein breitschultriger Fünfziger, ist der Besitzer.

Es schlägt acht Uhr von St. Vincent, als der Hotelbesitzer sein kleines Büro betritt. Es liegt gleich am Eingang des mit Bildern und Geweihen geschmückten Ganges.

Die Gäste des Hotels sind erwacht. Türen öffnen und schließen sich. Die ersten kommen die Treppe herab, um im Frühstückszimmer die erste Mahlzeit zu sich zu nehmen.

Resi und Toni, die vierzehnjährigen Zwillinge des Alois Huber, helfen Line, dem Hausmädchen, und so braucht keiner lange auf sein Frühstück zu warten.

Ein Wagen hält vor dem Hoteleingang. Xaver, der schon über dreißig Jahre im Dienste Hubers steht, nimmt die neuen Gäste in Empfang. „Grüß Gott", sagt er freundlich, „herzlich willkommen in Waldach!" Er nimmt die Koffer ab und trägt sie ins Haus.

Alois Huber händigt den Zimmerschlüssel aus, und Xaver läuft den Gästen die Treppe hinauf voran.

Tagaus, tagein kommen Gäste, und alle verlassen die „Alpenrose" zufrieden, denn Alois Huber ist ein rühriger Wirt und freundlich dazu.

Sein Sohn Toni geht ihm schon tüchtig zur Hand. Toni weiß, daß er einmal das Hotel weiterführen wird.

Alois Huber beobachtet mit Freude seinen Jungen. Ihm bangt nicht vor dem Tag, an dem er die Führung des Hotels aus den Händen geben wird.

Toni hat gerade den alten Amtsgerichtsrat bedient, der seinen Stammplatz am Fenster hat. Der alte Herr hat dem Jungen freundlich gedankt.

Nun läuft Toni hastig den Gang entlang zum Büro des Vaters.

„Sind sie schon mit dem Bus gekommen, Vater?" fragt er.

„Wer?" Alois Huber weiß nicht gleich, wen Toni meint. Aber dann fällt es ihm ein. „Nein, sie sind noch nicht da. Sie werden wohl gegen Mittag kommen."

„Toni, wo bleibst du?" ruft Resi ungeduldig. „Alles läßt du mich tun. Komm, es stehen noch fünf Portionen da!"

„Sofort!" ruft Toni zurück. Dann sagt er, zum Vater gewandt: „Immer meint die Resi, sie müßte zuviel schaffen, wenn ich nicht mitmache. Wenn die Cornelia auch so ist, dann ist's aus mit der Freude. Ja, ich komme schon!" ruft er, als er Resi wieder rufen hört.

Er läuft zur Küche zurück. Dort gibt die Köchin Martha, Xavers Frau, die Frühstücksportionen aus.

Resi, Tonis Zwillingsschwester, hat keinen rechten Spaß am Hotelbetrieb ihres Vaters. Sie würde sich gern vor jeder Arbeit drücken, wenn nicht die Mutter, die energisch durchzugreifen versteht, sie zu diesen und jenen Verrichtungen anhielte. Resi macht sich auch nichts aus den Gästen, die erholungsuchend in die Berge kommen. Sie ärgert sich über die Fremden, die ihr tagtäglich im Hotel und im Ort begegnen. Sie verabscheut es, sie zu bedienen und ihnen freundlich zuzulächeln. Sie versteht auch nicht, wie man um das Wohl fremder Menschen so besorgt sein kann wie der Vater und Toni.

Die Mutter ist zwar auch besorgt, aber anders, geschäftsmäßiger. Ihr Lächeln entspringt nicht einer von Herzen kommenden Freundlichkeit.

9

Auf ihrem Gesicht liegt auch jetzt wieder Strenge, ja fast Ärger, als sie in das Büro ihres Mannes tritt.

„Sie sind also nicht mit dem Frühbus gekommen", sagt sie verdrossen, „das habe ich mir gedacht. Das sind die richtigen Arbeiter, die ihren Dienst am Abend antreten."

„Aber Berta", beruhigt Alois Huber seine Frau, „wenn Frau Moosbacher mit dem Frühomnibus kommen wollte, hätte sie ja den Nachtzug nehmen müssen, der dazu noch die ungünstigen Anschlüsse nach hier hat. Sie wird schon noch kommen. Der Tag hat ja kaum erst angefangen."

„Gerade am Morgen ist die meiste Arbeit in einem Hotelbetrieb", nörgelt die Frau weiter, „ach, ich darf gar nicht an das Pech denken, das uns passiert ist. Muß sich ausgerechnet die Liesel noch vor der Hauptsaison das Bein brechen, und ich stehe jetzt mit der ganzen Arbeit da . . ."

„Du hast ja noch Anna und Line. Zur Not hilft auch Anni mit, wenn sie in der Küche frei ist. Und heute kommt Frau Moosbacher. Wir wollen froh sein, daß sie sich auf unsere Anzeige gemeldet hat. Außer einer alten Frau war sie die einzige, die bereit war, zur Hauptsaison die Arbeit in einem Ferienhotel zu übernehmen . . ."

„Sie wird keine Ahnung haben", jammert Frau Berta. „Was versteht schon eine Hausfrau, die nichts als ihren Mann und ein Kind versorgt hat, von solch einem Hochbetrieb? Ich werde den ganzen Tag zu tun haben, sie anzulernen. Dazu bringt sie das Mädchen mit. Was sollen wir mit dem Kind, das uns bloß im Weg herumlaufen wird? Es ist zum Verzweifeln mit dem heutigen Personalmangel!"

Alois Huber muß trotz des Lamentierens seiner Frau lächeln.

„Die Cornelia Moosbacher ist schon zwölf Jahre alt", sagt er. „Ich nehme an, daß es ihr Freude machen wird, ein wenig mit zuzugreifen."

„Das glaubst du, Alois? Sie wird nichts als Allotria im Kopf haben und uns die Feriengäste verärgern. Konnte Frau Moosbacher das Kind nicht in ein Kinderheim geben?"

„Hättest du das getan, wenn du an ihrer Stelle gewesen wärst, Berta?" fragt der Alpenrosenwirt.

Aber Frau Berta wehrt nur ärgerlich ab.

Da kommt der Postbote mit einem Telegramm.

10

Alois Huber öffnet es und liest: „Ankomme mittags elf Uhr dreißig. Therese Moosbacher."

„Sie ist wenigstens zum Mittagessen da", spottet Frau Berta.

„Sei nicht ungerecht", sagt Alois Huber nun verärgert, „da sie den Nachtzug nicht nehmen konnte, kann sie gar nicht eher hier sein. Der Zug kommt um neun Uhr vierzig in Brunnzell an. Um elf Uhr fährt der Omnibus dort ab. Sie muß eben warten, bis sie Anschluß bekommt. Oder soll Frau Moosbacher mit ihrem Gepäck die fünfzehn Kilometer von Brunnzell bis zu uns laufen?"

„Sie kann sich ein Taxi nehmen", meint Frau Berta aufgebracht.

„Du weißt wohl nicht, was das bis hierher kostet? Laß jetzt das Klagen! Stelle Resi an — die kann Line und Anna zur Hand gehen. Sie muß es ohnehin lernen, sich in unserem Betrieb heimisch zu fühlen, wenn sie einmal mit Toni zusammen das Hotel übernehmen soll . . ."

„Das will Resi ja gar nicht", wirft Frau Berta ein, „sie hat kein Interesse dafür."

Alois Huber sagt nichts mehr, aber man sieht ihm an, wie ihn die Worte seiner Frau kränken. Seine Resi hat kein Interesse für die „Alpenrose"! Das schmerzt ihn. Er hat das Hotel aus einem kleinen Gasthof so auf- und ausgebaut, wie es heute ist. Die Schar zufriedener Gäste, von denen viele jedes Jahr wieder zu ihm kommen, beweist ihm, daß er Behaglichkeit und Erholung in einem gutgeführten Hause und in einer freundlichen Atmosphäre zu bieten vermag.

*

Brunnzell ist die letzte Bahnstation. Der Ort liegt noch vor den Bergen, die dann einen weiteren Bahnverkehr unmöglich machen. Von Brunnzell aus bringen Omnibusse die Feriengäste, die keinen eigenen Wagen haben, in die Täler zu ihren Urlaubsorten.

Therese Moosbacher und ihre Tochter Cornelia sind eben aus dem Zug gestiegen und stehen nun etwas verlassen auf dem kleinen Bahnsteig.

„Meinst du, daß sie uns abholen, Mutti?" fragt Cornelia und sieht sich um.

Die Mutter hat die Koffer abgesetzt und guckt sich ebenfalls um.

Die Leute, die mit ihnen gefahren sind, gehen dem Ausgang entgegen. Mutter und Tochter stehen allein neben dem leeren Zug.

„Hier ist niemand", meint die Mutter und nimmt die Koffer wieder auf, „komm, wir wollen vor das Bahnhofsgebäude gehen. Vielleicht wartet dort ein Wagen auf uns."

Cornelia packt die Reisetasche und ihren kleinen Koffer und geht hinter der Mutter her.

Auf der Straße vor dem Bahnhof sind nur wenige Menschen. Ein Taxi fährt gerade zwei Feriengäste ab, und drüben an der Tankstelle steht ein Herr neben seinem Wagen, der aufgetankt wird.

„Es ist niemand da", sagt Therese Moosbacher wieder, „ich hatte es eigentlich auch nicht erwartet. Sie haben jetzt Hochbetrieb. Wie können sie uns abholen, wenn sie ohnehin nicht wissen, wie sie die Arbeit schaffen sollen? Wir müssen eben auf den Omnibus warten, Kind. Wir setzen uns dort drüben auf die Bank."

Die Frau nimmt wieder die Koffer auf, und Cornelia trabt hinter ihr her. Die Bank steht angenehm im Schatten, denn die Sonne strahlt schon jetzt am Morgen beachtliche Wärme aus.

Der Herr neben dem Wagen an der Tankstelle blickt zu ihnen hin und lächelt Cornelia zu, die sich neben die Mutter gesetzt hat.

„Jetzt müssen wir noch zwei Stunden auf den Bus warten, Mutti", klagt das Mädchen, „das ist aber wirklich langweilig. Sollten wir es nicht zu Fuß versuchen?"

„Zu Fuß?" lacht die Mutter. „Aber Kind! Das sind fünfzehn Kilometer! Und dazu noch das Gepäck! Nein, das geht wirklich nicht. Wir müssen schon warten. Wir gucken uns inzwischen in aller Ruhe die Feriengäste hier an."

„Viel sehe ich bis jetzt nicht, Mutti", meint das Mädchen lachend, „wahrscheinlich liegt die Bahnhofsgegend am Ende des Ortes. Hier ist es jedenfalls recht ruhig."

Der Herr an der Tankstelle kann ihre Worte wohl verstehen. Sein Wagen ist jetzt aufgetankt, und er begleicht die Rechnung. Dann bleibt er einen Augenblick sinnend stehen. Er sieht wieder zu Cornelia und ihrer Mutter hin. Es ist ein hübsches Bild, diese beiden unter dem breitästigen Baum. Das Mädchen trägt ein schlichtes, blaues Sommerkleidchen. In ihrem blonden Haar tanzen Sonnenfünkchen. Ihre blauen Augen blicken fröhlich in die Welt. Das Haar der Mutter ist dunkler, aber die Augen sind die gleichen wie die des Kindes. Sie ist groß und sehr fraulich in dem hellgrauen Jackenkleid.

Therese Moosbacher und Cornelia sehen überrascht auf, als der fremde Herr plötzlich vor ihnen steht. „Ich vermute, daß Sie keinen Anschluß nach Ihrem Ferienort haben", sagt er freundlich, „ich möchte Ihnen gern behilflich sein. Darf ich fragen, wohin Sie möchten?"

„Wir wollten nach Waldach", entgegnet Therese Moosbacher. „Der Bus geht erst in reichlich zwei Stunden . . ."

„Nach Waldach?" Der fremde Herr sagt es erfreut. „Da will ich ja auch hin. Darf ich Sie mitnehmen? Es würde mir eine Freude sein. Zwei Stunden sind eine lange Zeit, wenn man warten muß."

„Das stimmt", meint Therese Moosbacher, „ich nehme Ihr Angebot gern an, wenn Sie das gleiche Ziel haben."

„Gestatten Sie, daß ich mich vorstelle", er verbeugt sich leicht, „Hans-Georg Richter aus Offenbach."

Therese Moosbacher nennt ihren Namen.

„Und ich bin Cornelia", sagt das Mädchen mit einem fröhlichen Blick in die Augen des Mannes, der ihr seltsam vertraut vorkommt.

„Cornelia", lächelt er, „das klingt schön. Cornelia", und dann sagt er hastig, wie sich besinnend: „Kommen Sie, ich will Ihre Koffer verstauen, und dann fahren wir nach Waldach."

Die Straße windet sich durch das Tal, und nach jeder Kurve bietet sich ein anderes Bild.

Cornelia, die hinter der Mutter im Wagen sitzt, sieht das Bild der sonnenüberstrahlten Bergwelt mit staunender Bewunderung. Sie ist wohl schon in den Bergen gewesen, aber seit dem Tode des Vaters vor zwei Jahren scheint ihr jede Erinnerung an diese frohen Ferientage mit ihren Eltern verlorengegangen zu sein. Ihr ist, als sehe sie die Berge zum erstenmal.

Hans-Georg Richter wendet sich zu ihr um.

„Es ist schön hier, Cornelia, nicht wahr?" fragt er herzlich. „Es ist die richtige Gegend, um sich zu erholen. Wer Vergnügen sucht, sollte freilich nicht in diese stillen Täler fahren. Sicherlich kommst du aus einer großen Stadt?"

„Wir kommen aus München", entgegnet Cornelia. „Oh, da ist viel los. Aber ich weiß schon jetzt, daß es mir hier besser gefallen wird."

Er lacht behaglich: „Das will ich wohl glauben. Du wirst mit der Mutter hier schöne Tage verleben. Wo soll ich Sie übrigens in Waldach absetzen?"

„Wir wollen zur ‚Alpenrose'", sagt Therese Moosbacher.

„Zur ‚Alpenrose'? Da will ich auch hin", man hört es seinen Worten an, daß er über die Antwort erfreut ist. „Mindestens vier Wochen will ich dort bleiben. Ja, ich muß es sogar, laut ärztlichen Befehls."

Und er denkt an die Worte seines Freundes, Dr. Steinert, der ihn ernst und eindringlich ansah, als er sagte: „Hör zu, alter Freund, wenn du nicht sofort aufhörst, tage- und nächtelang in deinem Büro zu sitzen, um wie ein Galeerensklave zu arbeiten, dann sehe ich schwarz. Du bist ein Nervenbündel, ein halber Mensch. Dabei hast du es gar nicht nötig, dich für die Fabrik abzurackern. Du hast gewissenhafte Arbeiter und Angestellte. Es ist ein Irrglauben vieler Menschen, anzunehmen, daß sie unersetzlich sind. Auch du bist zu ersetzen. Herr Meinhardt, dein Prokurist, hängt mit allen Fasern seines Herzens an der Fabrik und an seiner Arbeit. Lasse ihn mal für einige Wochen Alleinherrscher sein. Man wird dich kaum vermissen. Du aber fährst in ein stilles Dorf, wo es nichts gibt als Ruhe und Erholung. Und komme mir auf keinen Fall vor vier Wochen wieder! Verstanden?"

Hans-Georg Richter hatte verstanden. Er hatte ja schon selber gemerkt, daß ihm die Arbeit in der letzten Zeit schwergefallen war. Er konnte sich kaum mehr konzentrieren, und mehr als einmal drückte ihn bleierne Erschöpfung nieder.

Früher war er gar nicht so arbeitswütig gewesen. Er hatte sein Pensum erfüllt wie jeder Angestellte in seinem Werk, und wenn er einmal mehr arbeitete als sie, so fiel ihm das gesundheitlich nicht schwer. Es blieb noch Zeit genug für ein glückliches Familienleben mit seiner Frau Elisabeth und seiner kleinen Monika. Aber seit sie tot waren, hatte er sich verbissen in die Arbeit gestürzt. Er wollte vergessen und sich nicht mehr an das verlorene Glück erinnern. Er hatte gearbeitet und geschafft, bis er kurz vor dem Zusammenbruch stand. Der Freund erst hatte ihn aufgerüttelt.

Nun fuhr er dem wohlverdienten Urlaub entgegen. Noch als er an der Tankstelle in Brunnzell auf das Auftanken seines Wagens wartete, hatte es einen Augenblick gegeben, da er sich selber fragte, wozu er eigentlich Urlaub und Erholung brauche. Für wen denn? Für wen

14

sollte er sich gesund erhalten? Nur für das Werk, das auch ohne ihn lief — wie der Freund behauptete?

War er nicht überflüssig? Für wen hatte er das Werk so ausgebaut? Doch nur für Elisabeth und Monika, für die Zukunft, für die Sicherheit dieser beiden Menschen. Das waren Zweifel und quälende Gedanken gewesen, die ihn plötzlich überfallen hatten.

Und nun traten aus dem Bahnhofsgebäude die beiden Fremden, eine Frau und ein Kind, und sie erinnerten ihn an die, die er verloren hatte. Von diesem Augenblick an schwanden die trüben Gedanken. Das Leben begann ihn irgendwie zu freuen. Es ging etwas Vertrautes von dieser Frau und dem Mädchen aus. Und nun fuhren sie auch noch nach Waldach, in die „Alpenrose"!

„Oh, wie schön", flüstert Cornelia andächtig hinter ihm, und ihre Augen wandern staunend an den Bergen hinauf, die das Tal umschließen.

Hans-Georg Richter ist noch einmal rechts abgebogen, und nun liegt das Tal noch enger und wilder vor ihnen. Die Straße wird an manchen Stellen so schmal, daß zwei Wagen nur mit Mühe und aller Vorsicht aneinander vorbeikommen. Sie windet sich in verwegenen Kurven um die Berge herum, die dichtbewaldet aufragen.

Rechts aber fällt der Fels steil ab, und darunter rauscht die Ache über Geröll und felsigen Grund.

Sie schweigen alle drei und schauen. In ihrem Schweigen liegt viel Gemeinsames.

Kilometerlang zieht sich die Straße durch die Berge. Dann tauchen, nach der letzten Kurve, weit rechts der Kirchturm und die Dächer von Waldach auf.

Vor der Abzweigung rumpelt der Wagen über eine grobe Holzbrücke. Sie überdeckt ein Wildwasser, das, von einem Wasserfall getrieben, der Ache zurauscht. Das Donnern des Falles ist so stark, das es sogar das Poltern der Wagen übertönt, die die Brücke passieren. Wenn es Abend wird und der Wagenverkehr auf der Straße nachläßt, kann man sogar in Waldach das Donnern des Wasserfalls hören.

„Gleich sind wir da", nickt Hans-Georg Richter.

Er fährt über die breite Brücke, die die Ache überspannt, und nun zeigt ihnen das gelbe Straßenschild „Waldach" das Ziel ihrer Reise an.

Er kurvt in die ansteigende Hauptstraße hinein. Die Feriengäste treten gemächlich vor dem Wagen zur Seite. Man hat hier Zeit; auch die Autofahrer haben es nicht eilig.

„Ich sehe es schon!" ruft Cornelia aufgeregt. „Dort hängt das Schild ‚Hotel Alpenrose'. Wir sind da, Mutti! Wir sind da!"

„Ja, wir sind da", lächelt Hans-Georg Richter, „nun kann ein geruhsames Leben beginnen. Wir sollten alles vergessen, wenn wir uns richtig erholen wollen. Entspannung ist das wichtigste, wenn man Ferien macht."

Das Hotel steht ein wenig von der Hauptstraße zurück. Herr Richter fährt vor das Portal.

Er ist noch nicht ausgestiegen, da erscheint schon Xaver. Er hat seine graugrüne Latzschürze um, und auf seinem Gesicht lächeln alle Fältchen zur Begrüßung.

„Grüß Gott." Sein Gruß kommt wirklich von Herzen. „Willkommen in Waldach! Sie sind Herr Richter, nicht wahr?"

„Das wissen Sie?" fragt dieser lachend zurück.

„Aber ja", blinzelt Xaver vergnügt. „Sie hatten sich für halb elf Uhr angemeldet, und halb elf Uhr ist es gerade. Da war's nicht schwer, herauszukriegen, wer Sie sind. Und ich bin der Xaver, neben dem Chef für alle Ihre Wünsche zuständig!"

„Das ist schön, Xaver. Ich werde mir das merken." Hans-Georg Richter öffnet den Wagenschlag und hilft Therese Moosbacher beim Aussteigen.

„Ich bin Therese Moosbacher", sagt die Frau, „Herr Richter war so freundlich, uns mitzunehmen, als wir in Brunnzell auf den Bus warteten. Deswegen konnte ich schon früher da sein."

„Das ist fein", freut sich Xaver. „Und das ist die Cornelia?"

Cornelia hat den Xaver schon ins Herz geschlossen, kaum daß sie ihn sah, und dem Xaver geht es ebenso.

„Ein nettes Dirndl bist du", meint der Xaver, und in seinen Worten liegt aufrichtige Freude.

„Sie sind auch nett, Xaver", gibt Cornelia zurück und lacht.

Hans-Georg Richter hat das Gepäck aus dem Kofferraum geholt. Xaver schultert sich zwei Koffer und tritt ins Hotel.

„Sie haben Zimmer sieben im ersten Stock, Herr Richter", sagt er. „Frau Moosbacher, warten Sie bitte einen Augenblick. Ich hole sofort den Chef." Dann geht er der Treppe zu.

16

„Auf Wiedersehen, bis später", ruft Herr Richter der Frau Moosbacher und Cornelia zu und eilt dem Xaver nach.

„O Mutti", schwärmt Cornelia, „ist er nicht großartig? Ich mochte ihn gleich gern. Er ist so freundlich und nett."

Therese Moosbacher nickt gedankenvoll.

„Ja, es war nett von ihm, daß er uns mitnahm. So kann ich meinen Dienst eher antreten. Herr Huber wird schon auf mich gewartet haben. Ich glaube, Herr Richter wird kein schwieriger Gast sein, nicht so einer, der das Personal herumjagt, um ausgefallene Wünsche erfüllt zu bekommen. Er sehnt sich nach Ruhe."

Da kommt Alois Huber zur Hintertür des Ganges herein. Xaver hat ihm Bescheid gesagt, und nun liegt Erleichterung und Freude auf seinem Gesicht, als er Therese Moosbacher die Hand zum Gruß entgegenstreckt.

„Grüß Gott und herzlich willkommen!" Seine Augen blicken wohlgefällig auf die Frau und das Mädchen. „Mir fällt ein Stein vom Herzen. In acht Tagen geht die Hauptsaison los, nachdem schon die Vorsaison kaum zu überbieten war. Ich freue mich, Sie zu haben, und ich bin überzeugt, daß wir uns gut verstehen werden."

„Davon bin ich auch überzeugt", entgegnet Therese Moosbacher mit einem Blick in sein ehrliches Gesicht. „An mir soll es nicht liegen. Sie sollen mit mir und Cornelia zufrieden sein."

„Kommen Sie, ich will Ihnen Ihr Zimmer zeigen. Aber vielleicht ist es besser, ich stelle Sie erst meiner Frau vor. Sie erwartet Sie mit Ungeduld."

Doch es fehlt an Freundlichkeit seitens Berta Hubers, als sie das neue Hausmädchen begrüßt.

Therese Moosbacher und auch Cornelia spüren die Kälte, die von dieser Frau ausgeht, aber Frau Therese ist nicht gewillt, sich schrecken zu lassen. Sie wird die Pflicht erfüllen, die sie übernommen hat. Frau Huber soll keinen Grund zum Tadel haben.

Resi betrachtet die neuen Hausgenossen mit schiefem Blick. Ein leichter Spott kräuselt die Lippen des Mädchens, als sie Cornelia sieht.

Pah, diese Zierpuppe wollte hier mit anpacken? Die würde sich hüten! Aber sie, Resi, würde ihr schon sagen, was es in einem Hotelbetrieb zu tun gibt. Diese Cornelia sollte nur nicht glauben, daß sie hier tun könne, als sei sie Feriengast.

Und Resi wendet sich nach kurzem Gruß ab.

Toni, der die neue Hilfe und ihre Tochter erst gegen Mittag erwartet hatte, kommt überrascht vom Hof hereingelaufen. Auf seinem gebräunten, offenen Jungengesicht liegt echte Freude.

„Grüß Gott", sagt er, und seine braunen Augen strahlen. „Grüß Gott, Frau Moosbacher. Grüß Gott, Cornelia", und seine kräftige Bubenhand umschließt die Kinderhand Cornelias mit festem Druck. „Ich freue mich, daß ihr jetzt bei uns bleiben werdet. Es ist pfundig hier, Cornelia. Du wirst's bald merken."

Er lacht sie mit weißen Zähnen an. In seinem dunklen Struwwelkopf hängt ein Holzspänchen, denn er war gerade beim Holzhacken, als er von der Ankunft der neuen Hausgenossen hörte.

So also halten Therese Moosbacher und Cornelia ihren Einzug im Hotel „Alpenrose" in Waldach.

Therese Moosbacher spürt, daß nicht alle Familienmitglieder mit ihr und Cornelia einverstanden sind, aber sie denkt an die, deren Willkommen echt und herzlich war. Sie ist hierhergekommen, um etwas zu überwinden, was der Vergangenheit angehört. Sie will es überwinden in einer neuen Umgebung, mit neuen Pflichten.

Ihr Blick fällt auf Cornelia, die zu ihr aufsieht. Da lächelt sie und weiß, daß sie die neuen Pflichten, ungeachtet aller Schwierigkeiten, meistern wird.

2. Auf gute Freundschaft!

Hans-Georg Richter tritt auf den Balkon hinaus. Es ist ein durchgehender Balkon, der sich um das ganze Haus herumzieht. Aus der geöffneten Tür des Nebenzimmers hört er das surrende Geräusch eines elektrischen Rasierapparates. Tief atmet er die frische, kühle Luft, die herb von den Bergen herabweht. Über dem Hochwald und den felsigen Gipfeln liegt noch ein feiner Morgendunst, aber die Sonne steht, wie am Vortage, schon hell am wolkenlosen Himmel.

Das kleine, freundliche Waldach im Achental erwacht zu neuem Leben.

Vögel lärmen auf den Dächern und in den Büschen und Bäumen.

Es ist ein Rufen, Schilpen und Schimpfen, und ihr schwirrendes Hin und Her liegt wie ein stetes Summen in der Luft.

Hans-Georg Richter umfaßt das morgendliche Bild des erwachenden Feriendorfes mit heiterem Blick. Er hat sein Werk und seine Mitarbeiter schon fast vergessen, und er wundert sich darüber, wie schnell das gegangen ist. Ihm ist, als sei er schon lange hier in dieser Stille des Achentales, als habe er nie etwas anderes gesehen als die gemächliche Ruhe dieser Dorfmenschen und die gelösten Gesichter der Feriengäste.

Er denkt auch an Frau Moosbacher und Cornelia. Welch ein glücklicher Zufall, daß er sie in einem Augenblick fast verzweifelter Entmutigung und stiller Selbstvorwürfe traf. Mit einemmal war alles anders. Er wußte plötzlich, er würde nicht allein sein, und in diesem Augenblick löste sich die Vergangenheit wie ein schwerer Druck von ihm, und das Leben erschien wieder lebenswert.

Er geht mit einem Lächeln in sein Zimmer, streicht sich noch einmal das Haar vor dem Spiegel glatt und tritt auf den noch stillen Flur hinaus.

Hinter einigen Türen sind schon leise Stimmen zu hören. Von unten herauf dringt das Klappern von Geschirr und der Schritt der Serviererin.

Vom oberen Stockwerk kommt ein leiser, schnellfüßiger Schritt. Ein blaukariertes Dirndlkleid mit rotem Schürzchen schwenkt um die Ecke.

„Cornelia!" ruft er erfreut. „Guten Morgen, Cornelia! Hast du gut geschlafen? Wie geht es der Mutti?"

„Guten Morgen, Herr Richter." Ihr Gruß und ihr Knicks drücken alle Freude aus, die sie selber bei dieser Begegnung empfindet. „Wir haben gut geschlafen, Mutti und ich. Die Luft hat uns richtig müde gemacht."

„So ging es mir auch", bekennt er lachend. „Aber jetzt sind wir alle wieder frisch, nicht wahr? Ich habe euch gestern nicht mehr gesehen. Habt ihr gar schon eine Bergtour gemacht?"

Cornelia muß lachen. „Aber nein. Wir haben unsere Koffer ausgepackt und uns hier im Hotel umgesehen. Mutti hat sich mit Herrn Huber besprochen. Ich habe mich mit Toni angefreundet. Haben Sie ihn schon gesehen?"

„Du meinst den Sohn des Hauses? O ja, mit dem habe ich auch gesprochen. Ich finde, das ist ein feiner Kerl. Herr Huber kann stolz auf ihn sein."

„Das ist er auch", meint Cornelia altklug. „Er hat es uns gesagt. Aber ich glaube, auf Resi ist er nicht besonders stolz."

„So? Hat er das auch gesagt?"

„Nein, das habe ich gefühlt", sagt Cornelia leise. „Er hatte so einen komischen Ausdruck in den Augen, als er von ihr sprach."

„Das bildest du dir sicherlich ein." Hans-Georg Richter mag nicht zugeben, daß auch ihm Tonis Schwester zu unfreundlich, zu schnippisch für eine Wirtstochter ist, und so lenkt er schnell ab. „Cornelia, ich habe eine gute Idee. Ich möchte dich und die Mutti zu einer Fahrt nach Oberwart einladen. Wir fahren gleich nach dem Frühstück los, damit wir den ganzen Tag für uns haben. Von Oberwart aus nehmen wir den Lift und fahren zum Gletscher hoch. Dort oben, im Hotel, essen wir drei zu Mittag. Danach machen wir noch eine kleine, ganz ungefährliche Tour den Grat entlang und sind zum Abendessen wieder in der ‚Alpenrose'. Na, wie findest du das?"

Cornelias Augen haben bei seinen Worten aufgeleuchtet. Eine Auto- und Bergtour mit dem Mann, der sie so sehr an den Vater erinnert! Was könnte es Schöneres geben? Aber plötzlich fällt ihr ein, daß die Mutter und sie ja keine Gäste des Hotels sind, und sie schüttelt traurig den Kopf. „Nein, nein", sagt sie mit einem kleinen, kummervollen Seufzer. „Es geht nicht. Wir können nicht mitkommen."

„Aber Kind, warum denn nicht?" fragt er befremdet. „Meinst du, daß es die Mutter ablehnen würde, mit mir zu fahren?"

Cornelia nickt.

Herr Richter ist bitter enttäuscht. Mag ihn Frau Moosbacher nicht leiden? War er zu aufdringlich gewesen, als er sich gestern mit der Fahrt nach Waldach anbot? Was hat er falsch gemacht?

Leise Schritte kommen die Treppe herunter. Herr Richter sieht auf. Da kommt Therese Moosbacher. Sie hat ein einfaches graues Waschkleid an und darauf eine weiße Schürze gebunden. Sie trägt einen Eimer und einen Bohnerbesen. Sie sieht ihn ruhig und selbstsicher an.

„Guten Morgen, Frau Moosbacher. Bitte, sagen Sie mir, wie ich das verstehen soll!"

Frau Therese lächelt ein wenig. „Da gibt es nicht viel zu sagen. Ich habe mich auf eine Anzeige Herrn Hubers als Hausmädchen gemeldet. Ich kann hier gut verdienen, aber was mir noch wichtiger erscheint: ich kann in der neuen Umgebung und in einem pflichterfüllten Wirkungskreis manches überwinden, was mich bewegt. Ich muß ganz einfach zur Ruhe kommen."

Herr Richter sieht sie schweigend an. Auch sie hat also Kummer, auch sie trägt einen Schmerz mit sich herum, der sie nicht zur Ruhe kommen läßt, und er fühlt sich der Frau und dem Kinde nun doppelt verbunden.

Da sagt Cornelia auch schon leise: „Mein Vati ist vor zwei Jahren gestorben. Er war so gut. Mutti und ich müssen immer an ihn denken."

„Das verstehe ich", nickt er und streichelt Cornelia über das blonde Haar. Und dann spricht er von seiner Frau Elisabeth und von Monika. Er spricht von dem Tag, als ein betrunkener Autofahrer den Wagen rammte, in dem Elisabeth am Steuer saß, und Monika neben ihr. Elisabeth traf er nicht mehr lebend an, als er in die Klinik kam, aber Monika lebte noch. Sie hatte ihm noch zugelächelt, ehe sie starb. Auch der betrunkene Fahrer hatte sein Leben lassen müssen.

Hans-Georg Richter hatte bisher kaum mit irgendeinem Menschen über diese Schreckenstage seines Lebens gesprochen. Jetzt spricht er zu Therese Moosbacher davon.

Seine Stimme ist leise, aber fest. Er empfindet den Schmerz nicht mehr so brennend.

Therese Moosbachers Augen sind bei seinen Worten auf ihn gerichtet. Sie hatte von Anfang an geahnt, daß ihn etwas bedrückte, aber sie hatte seinen Kummer eher in geschäftlichen Sorgen gesucht. Dabei hatte ihn das gleiche Schicksal wie sie selber ereilt. Sie haben geliebte Menschen verloren. Wie hart doch das Leben sein kann!

Ihr eigener Schmerz kommt ihr auf einmal kleiner vor. Er hat mehr verloren, eine Frau und ein Kind! Sie hat Cornelia behalten dürfen.

Hans-Georg Richters Augen waren auf die Frau gerichtet, während er von seinem Schicksal sprach. Er hatte bei seinen Worten nicht an Cornelia gedacht. Nun sehen sie beide in das tränenfeuchte Gesicht des Mädchens.

Er macht sich im stillen Vorwürfe, daß er in Gegenwart des Kindes über sein trauriges Geschick gesprochen hat, und er zieht Cornelia in einem Gefühl ehrlicher Zuneigung zu sich heran.

„Es war nicht richtig von mir, jetzt darüber zu sprechen. Ich habe dich erschreckt? Vergiß es wieder, Cornelia, das ist das beste."

Aber Cornelia schüttelt den Kopf.

Sie fühlt die feste Hand Herrn Richters auf ihrem Haar, und ihr ist, als sei es die Hand des Vaters, die sie so oft geliebkost hat.

Türen werden geöffnet. Die Gäste gehen zum Frühstück hinunter. Man hört Xavers Stimme und Tonis Ruf nach dem Zimmerschlüssel vierzehn.

Frau Huber kommt hastig die Treppe herauf. Ärger und Unwillen liegen auf ihrem Gesicht, als sie das neue Hausmädchen im Gespräch mit Hans-Georg Richter sieht.

„Therese", sagt sie scharf, „kommen Sie. Ich muß Ihnen etwas sagen."

Frau Therese stellt Eimer und Besen hin und geht zu ihrer Chefin, die sie am Ende des Ganges erwartet.

„Therese, ich dulde es nicht, daß Sie sich mit den Gästen unterhalten", beginnt sie hart und unerbittlich. „Sie sind zur Arbeit hier und nicht als Gesellschaftsdame. Ihre einzige Sorge ist die Sauberkeit der Zimmer. Haben Sie mich verstanden?"

Cornelias Mutter hat ihr mit ruhigem Gesicht zugehört. Nun sagt sie: „Frau Huber, ich habe den Gast gegrüßt, wie es wohl überall üblich ist. Darauf fragte er mich etwas, und meine gute Erziehung sagte mir, daß ich ihm antworten müsse. Das habe ich getan. Auch als er dann zu mir sprach, konnte ich mich nicht abwenden, ohne unhöflich zu sein. Zudem hat mir Herr Richter keinen Grund gegeben, der es gerechtfertigt hätte, ihn wegen seines Gesprächs mit mir zurechtzuweisen. Oder soll ich ihm, wenn er mich wieder mal anspricht, sagen, daß es im Hotel ‚Alpenrose' nicht üblich sei, einem Gast mit höflicher Antwort zu begegnen?"

Frau Thereses stolze Antwort treibt Frau Berta die Zornesröte ins Gesicht.

„Therese, ich verbitte mir diesen Ton! Sie sind hier nichts als ein Hausmädchen, und Sie haben sich daher unbedingt im Hintergrund zu halten. Wenn Sie den Gästen aus dem Weg gehen, dann wird man

Sie auch nicht ansprechen. Ich verlange, daß Sie sich an meine Anordnungen halten."

„Was bloß Frau Huber mit Mutti reden mag?" meint Cornelia bang und sieht zum Ende des Ganges hin. „Frau Huber macht ein so böses Gesicht. Sie zankt sicherlich mit Mutti."

„Das sieht wahrhaftig so aus", murmelt Hans-Georg Richter. „Bleib hier! Ich werde fragen, was es gibt."

Entschlossen geht er den Gang entlang. Frau Huber sieht ihn kommen und ist sichtlich erschrocken. Er merkt es wohl und sieht seine Vermutung bestätigt.

„Kann ich irgendwie helfen?" fragt er vorsichtig und ist sich bewußt, daß er eigentlich keinerlei Recht hat, sich in ein Gespräch zwischen dem Arbeitgeber und einer Angestellten einzumischen.

Frau Huber aber lächelt verbindlich. Herr Richter ist ihr ein angenehmer Gast. Er hat ein Zimmer der besten Preisklasse mit allem Komfort. Sie möchte ihn weder verärgern noch verlieren.

„Es ist nett von Ihnen", sagt sie daher, „nein, Sie können nicht helfen, Herr Richter, denn es gibt nichts zu helfen. Ich gab Therese nur Anweisungen für ihre Arbeit. Sie können sich denken, daß es ohne Anweisungen für eine neue Arbeitskraft nicht geht."

Herrn Richters Augen sehen Frau Therese an.

Cornelias Mutter lächelt. Es liegt Dankbarkeit auf ihrem Gesicht.

„Ja, so ist es — wie Frau Huber sagte", meint sie ruhig. „Es gibt noch vieles, in das ich mich erst eingewöhnen muß. Es ist ja auch mein erster Arbeitstag heute."

Sein Blick sagt ihr, daß er sie verstanden hat. Sie würde sich niemals beklagen, doch er weiß, daß die aufgebrachten Worte Frau Hubers nichts mit bloßen Arbeitsanweisungen zu tun hatten.

„Ich werde weiterhin ein wachsames Auge auf Frau Therese und ihr Mädchen haben", beschließt er im geheimen.

Seine Worte und seine knappe Verbeugung sind korrekt und werden nur von Frau Huber ein wenig spöttisch empfunden.

„Was hatte sie denn mit Mutti?" fragt Cornelia.

„Nichts, was dir angst machen müßte", lächelt er. „Frau Huber teilte deiner Mutter nur den Arbeitsplan für den heutigen Tag mit. Sie war allerdings nicht sehr freundlich dabei."

Da nickt Cornelia gedankenvoll. Ja, sie ahnt wohl, daß Frau Huber die beiden neuen Hausgenossen nicht mag.

Wie gut, daß es wenigstens einen Hans-Georg Richter gibt!

Und Cornelia sieht mit vertrauensvollem Lächeln zu dem Manne auf.

*

Unter dem Dach des Hotels „Alpenrose" liegen die Zimmer des Personals und auch die Wohnung der Hubers.

Frau Therese hat ein nettes, schlicht eingerichtetes Mansardenstübchen. Es hat fließendes warmes und kaltes Wasser und in einer Nische eine eingebaute Dusche.

Nachts schläft Cornelia auf der breiten Couch, die am Tage mit den beiden Sesselchen eine behagliche Wohnecke darstellt. Bilder und kleiner Zierat, den Frau Therese von daheim mitbrachte, geben dem Zimmer ein gemütliches und freundliches Aussehen.

Sie fühlen sich beide wohl in ihrem kleinen Reich.

Früh am Morgen blickt die Sonne schon zum Fenster herein. Es liegt zwischen der Dachschräge und läßt den Blick weit nach Osten schweifen. Unten dehnt sich das Achental, und wenn es auf der Straße noch still ist, hört man sogar das Rauschen der Ache.

Cornelia steht früh am Morgen mit der Mutter auf, wenn noch die Schatten der Berge im Tal liegen. Diese stille Stunde ist Cornelia die liebste, denn da hat sie die Mutter ganz für sich allein. Dann sitzen sie noch ein Weilchen gemütlich plaudernd beisammen, während die Sonne höher steigt und das Stübchen mit hellem Licht erfüllt.

Zuerst gehen Alois Huber und Toni leise nach unten. Frau Therese und Cornelia hören sie an ihrer Tür vorbeigehen. Es folgt nach kurzer Zeit der feste Schritt Frau Hubers, und dann rührt es sich auch im Nebenzimmer zur Rechten, in dem Line wohnt.

Xaver und seine Frau Martha haben ein großes und ein kleines Zimmer am Ende des Ganges. Dazwischen liegen die Zimmer von Anni, dem Küchenmädchen, und Anna, der älteren Hausgehilfin. Für sie alle beginnt der Tag am frühen Morgen, während sich die Gäste noch behaglich in ihren Betten herumdrehen.

Wenn die Gäste dann die Treppe herunterkommen, duftet es schon nach frischem Kaffee, und der Frühstücksraum blitzt vor Sauberkeit und Frische.

Cornelia hilft fleißig mit. Es macht ihr Freude, überall zuzugreifen, wo man sie braucht, und Frau Berta hat keinen Grund, das Mädchen zu tadeln. Cornelia ist hilfsbereit und anstellig. Sie hat eine rasche Auffassungsgabe und weiß sich flink und sicher zu bewegen.

Resi sieht das wohl und sucht daraus ihren Vorteil zu ziehen. Viele Arbeiten, die die Mutter ihr aufträgt, lädt sie auf Cornelia ab. Diese übernimmt sie wortlos und erledigt sie zur Zufriedenheit.

Frau Berta darf freilich nicht erfahren, daß ihre Resi sich der Arbeiten entledigt, die sie nicht mag. Denn Resi soll als zukünftige Chefin nicht nur befehlen, sondern auch alles selber von Grund auf beherrschen.

Daß Resi nur wenig Interesse für den Hotelbetrieb hat, nimmt Frau Berta nicht zur Kenntnis. Resi muß es einfach lernen, sich in allen Fächern eines modernen Gastwirtsbetriebes einzuarbeiten. Da bleibt Frau Berta unerbittlich.

„Resi, richte zwei Frühstücksportionen her!" ruft sie jetzt. „Für Zimmer 18."

„Ja", murrt Resi, „man kann nicht einmal selber sein Frühstück in Ruhe verzehren."

„Das ist nun mal nicht anders", bemerkt Frau Berta kurz, „ich esse auch nur nebenbei. Erst kommen die Gäste an die Reihe."

Das weiß Resi genau, aber sie murrt jeden Morgen aufs neue.

„Frühstück für Zimmer sieben!" ruft Line, die Herrn Richter die Treppe herunterkommen sieht.

Cornelias Herz klopft. Sie hilft jeden Morgen beim Servieren, und sie versucht es immer so einzurichten, daß sie Herrn Richter das Frühstück bringen darf.

Bei Lines Ruf springt Resi auf, um das Tablett für den Gast in Empfang zu nehmen. Das Personal hat seinen Eßtisch an der Wandseite der Küche, um jederzeit einsatzbereit zu sein.

Aber Martha reicht Cornelia das Tablett und sagt: „Warum hast du's plötzlich so eilig? Du wolltest doch essen. Jetzt trägt Cornelia das Frühstück hinüber. Wir schaffen es auch ohne dich."

Resi wirft Cornelia einen unwilligen Blick zu. Martha war schon vor Resis Geburt in der „Alpenrose". Sie hat das trotzige und eigenwillige Mädchen aufwachsen sehen. Sie kann sich eine Zurechtweisung erlauben, und Resi wagt ihr nur selten zu widersprechen.

Sie sagt auch jetzt nichts, als Cornelia vorsichtig das Tablett in das Frühstückszimmer trägt. Aber in ihrem Blick funkelt es böse.

Hans-Georg Richter sitzt schon an seinem Platz und sieht in den frischen, sonnigen Morgen hinaus. Cornelia grüßt ihn fröhlich.

„Guten Morgen, Cornelia", sagt er und nickt ihr herzlich zu. „Was sagst du zu diesen herrlichen Tagen? Ein Tag ist so schön wie der andere. Nur schade, daß wir nicht mal zu dritt eine Fahrt machen können."

„Ja, das ist es", meint Cornelia und rückt ihm den Kaffee und die Brötchen zurecht, „aber es geht eben nicht anders. Ich freue mich schon, wenn wir drei hier im Hotel zusammen sind."

„Cornelia, wo bleibst du?" ruft Resi ungehalten über den Gang. „Es gibt noch mehr zu tun."

„Ich muß gehen", flüstert Cornelia schnell und geht aus dem Zimmer.

„Die Resi meint, sie sei die Chefin selber", lacht ein anderer Gast zu Herrn Richter hinüber, „das wird einmal eine Energische, wenn die so weitermacht", und er lacht wieder.

Aber Hans-Georg Richter lacht nicht mit. Er nimmt sich vor, mit der Resi mal ein ernstes Wörtchen zu reden.

Cornelia ist in die Küche zurückgeeilt. Sie greift hastig zum nächsten Tablett, das ihr Martha zuschiebt.

Da sagt Frau Huber unwillig: „Cornelia, du hast mit den Gästen keine Unterhaltung zu führen. Du hast sie zu bedienen, sonst nichts. Hast du verstanden?"

„Ja, Frau Huber", Cornelia wird ein wenig rot.

„Es läßt sich aber oft wirklich nicht vermeiden, daß man mit den Gästen redet, Mutter", sagt nun Toni, der mit dem anderen Personal am Tisch sitzt und frühstückt. „Man kann die Leute doch nicht einfach stehenlassen, wenn sie einen ansprechen. Mir geht das auch oft so, und ich muß sagen, es hat mir noch keiner der Gäste das Wort verboten."

„Du bist still, ich habe dich nicht gefragt." Frau Huber ist ärgerlich, daß sich der Toni eingemischt hat. „Du bist der Sohn des Hauses. Das ist etwas anderes."

28

„Wieso, Mutter?" fragt Toni und zieht die Brauen hoch. „Ich kann auch nur antworten, wenn die Gäste mich fragen. Cornelia tut das auch. Was ist dabei?"

„Nein, ich will das nicht. Sie ist ein Kind und hat hier nichts zu sagen. Sie ist nur hier, weil wir ihre Mutter als Hilfe brauchen . . ."

Cornelia ist still hinausgegangen. Die Kränkung schmerzt sie, aber sie lächelt Herrn Richter freundlich zu, als sie den Gästen von Zimmer 12 das Frühstück auf den Tisch stellt.

„Cornelia, bitte, bring mir noch etwas Sahne für den Kaffee", sagt Hans-Georg Richter vom Nebentisch und nickt ihr zu.

„Bring mir gleich noch ein Brötchen mit, Cornelia!" ruft die dicke Frau Krause, und als Cornelia gegangen ist, sagt sie: „Was ist das für ein nettes, freundliches Ding! Der Tag beginnt für mich noch einmal so froh, wenn ich sie am Morgen sehe. Sie ist wie ein kleiner Sonnenschein."

Das Mädchen stellt das Sahnekännchen hin und bringt Frau Krause das bestellte Brötchen.

Hans-Georg Richter hält sie am Dirndl fest, als sie, an ihm vorbei, hinauseilen will.

„Wenn du mit dem Servieren fertig bist, treffen wir uns im Hof an dem großen Holzstoß. Ich habe dir ja noch gar nicht erzählt, was ich gestern entdeckt habe."

Da sagt Cornelia leise: „Ich darf nicht kommen. Wir haben heute viel zu tun, und Frau Huber mag es auch nicht, wenn ich die Zeit mit den Gästen verplaudere."

„Ach so", meint er und läßt sie überrascht los. „Frau Huber verbietet dir also auch das Wort. Ich werde mit ihr reden."

„Nein, bitte nicht", flüstert das Kind. „Sie hat ja recht. Mutti und ich sind zum Arbeiten hier. Frau Huber bezahlt uns dafür, und da können wir nicht tun, was wir wollen. Seien Sie nicht böse, Herr Richter."

„Aber nein, Kind! Wenn ich böse bin, dann bin ich es auf Frau Huber. Doch nun geh in die Küche, damit sie nicht zankt!"

Er frühstückt nachdenklich zu Ende.

Nun ja, in gewissem Sinne hat Frau Huber recht. Frau Therese steht in einem Arbeitsverhältnis zu ihr, aber Cornelia nicht. Gewiß kann Cornelia kleine Hilfeleistungen erledigen, die ihre Kräfte nicht übersteigen, denn das Helfen macht ihr ja Freude. Das sieht er ein. Aber man darf dem Kind die Freude am Helfen nicht durch unberechtigtes Tadeln nehmen. Und er beschließt, bei passender Gelegenheit mit Frau Huber darüber zu reden ...

Im Hotel „Alpenrose" vergeht ein Tag wie der andere. Gäste kommen und gehen. Xaver trägt Koffer zur Tür hinaus und trägt Koffer zur Tür herein. Man hört seine freundliche Stimme, hört Abschieds- und Willkommensworte, und dazwischen klingt Tonis frische Jungenstimme, die nicht minder freundlich ist.

Die Köchin Martha hantiert in der Küche an den großen Herden, und lieblicher Bratenduft dringt durch die verschlossene Tür. Frau Huber teilt dem Hauspersonal die wichtigsten Arbeiten zu.

„Anna, du übernimmst heute den ersten Stock", sagt sie. „Cornelia kann dir dabei helfen. Line, du richtest mit Therese die Zimmer 16 und 17 im zweiten Stock her! Haltet euch dazu, es eilt! Die neuen Gäste, ein Ehepaar Zöllner mit zwei Kindern, haben bereits telegrafiert, daß sie früher eintreffen. Die Zimmer müssen in einer Stunde blitzsauber und in Ordnung sein. Also richtet euch danach. Die anderen Zimmer müssen halt etwas warten."

„Es ist gut", sagt Line mürrisch. „Ich brauche aber Frau Therese nicht dabei. Das kann ich auch allein machen."

„Es wird gemacht, wie ich es gesagt habe." Frau Hubers Stimme ist unnachgiebig und streng. „Die Zimmer werden von euch beiden schnellstens wieder hergerichtet. Sofort, verstanden?"

Line wendet sich mit trotzigem Gesicht ab. Sie ist 25 Jahre alt und seit zwei Jahren in der „Alpenrose" als Haus- und Zimmermädchen beschäftigt. Mit Liesel, die sich vor einiger Zeit ein Bein brach, als sie am Treppenabsatz hängenblieb, verstand sie sich leidlich, denn immer wieder war es Liesel, die nachgab und Lines Willen gelten ließ. In Frau Therese aber sieht Line die Ältere, die Klügere, die Gewandtere. Line fühlt sich Frau Therese unterlegen, und das kränkt sie, obwohl Frau Therese nichts tut, um sie in diesem Gefühl zu bestärken. Cornelias Mutter erfüllt vorbildlich ihre Pflicht, und das gefällt sogar Frau Huber, aber sie würde es nie zugeben.

Frau Therese ist in den Keller gegangen, um Eimer, Putztücher und Seifenpulver zu holen. Und während die bisherigen Gäste von Zimmer 16 und 17 in ihrem Wagen aus Waldach hinausrollen, werden die beiden Zimmer bereits gelüftet. Frau Therese streift die Bettwäsche ab und hängt die Betten über das Balkongeländer. Line sieht es mit heruntergezogenen Mundwinkeln.

„Wir haben keine Zeit, die Betten erst noch auszulegen", murrt sie, „wir müssen sie gleich wieder überziehen, sonst werden wir nicht fertig."

„Wir werden schon fertig, Line", meint Frau Therese lächelnd, „aber auslüften müssen die Betten auf jeden Fall, und wenn es nur ein paar Minuten sind. Es gibt ja noch so viel anderes zu tun."

„Ich bin schon zwei Jahre in der ‚Alpenrose'", begehrt Line auf, „ich weiß genau, wie man die Zeit einteilt. Machen Sie das, was ich Ihnen sage, dann ist es schon richtig."

Jetzt muß Frau Therese lachen. „Aber Line, ich bin Hausfrau und habe es seit vielen Jahren im Griff, schnell und gründlich einen Haushalt in Ordnung zu halten . . ."

„Ein Haushalt ist kein Hotelbetrieb!" wirft Line spitz ein. „Hier ist alles ganz anders. Das werden Sie schon noch merken. Sie werden mir doch keine Vorschriften machen wollen?" Und Line, die sich über die ruhige und überlegene Art Frau Thereses von Anfang an geärgert hat, redet sich aufgebracht diesen Ärger vom Herzen.

Frau Therese sagt nichts. Sie putzt das Balkonfenster und den Spiegel. Dann beginnt sie das Waschbecken auszuscheuern.

Als Line eine Pause in ihrer Rede macht, sagt sie lächelnd: „Line, ich rate Ihnen, mit dem Nebenzimmer anzufangen, sonst sind wir wirklich in einer Stunde noch nicht fertig. Sehen Sie, die Betten von Zimmer 17 konnten inzwischen so schön in der Sonne hängen, während Sie mir diesen unnützen Vortrag hielten."

Line wird rot vor Zorn, denn sie muß einsehen, daß Frau Therese recht hat. Sie wirft ihr einen bösen Blick zu, packt ihren Besen, den sie gegen die Wand gestellt hat, und stößt die Tür auf.

Auf dem Gang steht sie plötzlich Cornelia gegenüber. Das Mädchen hält die Hände auf dem Rücken, als habe es etwas zu verbergen und sieht Line mit einem vorwurfsvollen Blick an.

„Was hast du hier zu suchen?" fragt Line ärgerlich. „Du horchst wohl an den Türen, wie?"

„Nein, ich habe nicht gehorcht", verteidigt sich Cornelia. „Aber ich habe auch so gehört, daß Sie mit meiner Mutti gezankt haben. Warum? Sie hat Ihnen doch gar nichts getan."

„Davon verstehst du nichts. Mach, daß du hier fortkommst. Was drückst du dich hier herum? Du solltest doch Anna helfen. Ich werde es Frau Huber sagen, daß du nicht tust, was man dir sagt."

Cornelia entgegnet nichts, aber ihr Blick ist traurig, als sie die Treppe hinuntergeht. Die Hände, die sie auf dem Rücken gehalten hat, versteckt sie nun schnell vor der Brust, damit Line nicht sieht, was sie da hat.

Aber Lines scharfen Augen ist es nicht entgangen, daß Cornelia versucht, einen Blumenstrauß vor ihr zu verbergen.

Inzwischen ist Cornelia dem Hausmädchen Anna behilflich gewesen. Sie hat den Spiegel geputzt und die Waschbecken ausgewischt, die Papierkörbe geleert und die Bettvorleger zum Ausschütteln vor die Zimmertüren gelegt.

„Du bist ein fleißiges Mädchen", sagt Anna lächelnd und schüttelt die Betten auf. „Die Resi könnte sich ein Beispiel an dir nehmen. Sie versucht sich immer vor der Arbeit zu drücken. Und wenn sie dann etwas tut, dann ist sie mürrisch. Man mag sie gar nicht ansehen mit diesem immer bösen Gesicht."

„Vielleicht räumt die Resi bloß nicht gern die Zimmer auf", meint Cornelia. „Sie ist vielleicht lieber in der Küche bei der Martha, um zu kochen."

„Das denkst du", nickt Anna. „Nein, nein, die Resi würde am liebsten gar nicht helfen. Die ist am liebsten mit ihren Freundinnen zusammen. Sie meint, daß man in seinen Ferien nicht zu arbeiten brauche. Aber sie mag auch nichts tun, wenn keine Ferien sind. Du hast ja auch Ferien und hilfst mit!"

„Es macht mir eben Spaß. Ich habe zu Hause der Mutti auch immer geholfen. Es sieht doch so schön aus, wenn wieder alles blank geputzt ist!"

Da kommt der Toni die Treppe herauf.

„Cornelia, könntest du einen Augenblick zu Martha kommen? Resi ist wieder nirgends zu finden, und ich habe auch keine Zeit. Ich muß dem Installateur bei der Warmwasserheizung helfen."

Das Mädchen sieht fragend zu Anna auf.

„Aber selbstverständlich. Geh nur, mein Kind. Ich komme schon allein zurecht. Wenn dich Martha nicht mehr braucht, kommst du wieder zu mir."

Cornelia eilt die Treppe hinab. Toni hinter ihr her.

„Es ist schön, daß du kommst", meint die Köchin erleichtert. „Du bist immer zur Hand, wenn man dich braucht. Hole mir doch bitte je ein Bündelchen Petersilie und Schnittlauch aus dem Garten! Vergiß auch den Dill nicht — und ein paar Blätter Borretsch. Ungefähr soviel, wie du gestern geholt hast."

„Gern, Martha", sagt Cornelia, und schon ist sie hinausgehuscht.

Ein großer Garten mit Wiese liegt hinter dem weiträumigen Hof, in dem die Wagen der Gäste parken. Cornelia hat fix ihr Kräuterbündel gepflückt und richtet sich auf. Die Wiese duftet nach hundert verschiedenen Feldblumen. Sie ist noch nicht gemäht, denn Toni hatte noch keine Zeit dazu gehabt. Margeriten, Butterblumen, Löwenzahn, Klee, Schaumkraut, Pusteblumen und Steinnelken wiegen sich zwischen den Gräsern im Morgenwind. Der ganze Duft des Sommers scheint über diesem Stück Wiese zu liegen.

Cornelia legt rasch das Kräuterbündel auf einen Stein und beginnt einen Strauß Wiesenblumen zu pflücken. Mit sicherem Blick sucht sie die schönsten Blumen heraus, fügt sie zu einem Strauß und windet einen dicken Grasstengel herum. Dann nimmt sie auch die Kräuter auf und eilt ins Haus.

Martha rührt gerade im Suppentopf, aus dem eine dichte Dampf-wolke steigt und sagt: „Leg die Kräuter auf den Tisch. Anni kann sie zuputzen. Nun kannst du wieder zu Anna gehen, die dich sicher brauchen wird."

„Gut", sagt das Mädchen, nimmt den Blumenstrauß und eilt aus der Küche.

Vor Zimmer 7 bleibt Cornelia stehen und horcht. Sie glaubt, Herr Richter sei schon gegangen. Aber sie hört einen Schritt, und als er auf die Tür zukommt, springt sie erschrocken weg und läuft hastig die Treppe zum zweiten Stockwerk hoch.

Hans-Georg Richter tritt aus seiner Tür, grüßt Anna, die gerade mit dem Putzeimer den Gang entlangkommt, und geht dann die Treppe hinunter.

In der kurzen Zeit, da Cornelia wartet, daß Hans-Georg Richter sein Zimmer verläßt, wird das Mädchen Zeuge des geschilderten Wortwechsels zwischen der Mutter und Line.

Am liebsten würde Cornelia ins Zimmer stürmen, um die Mutter zu verteidigen, aber dann denkt sie an den Blumenstrauß. Den sollen sie nicht sehen, weder Line noch die Mutter. Niemand soll wissen, daß die Blumen für Hans-Georg Richter sind.

Unentschlossen steht sie da.

Da kommt Line aus dem Zimmer . . .

Anna ist in Zimmer 2 am Ende des Ganges. Sie sieht Cornelia nicht, die eine der Vasen vom Tisch im Korridor nimmt und rasch damit in das Zimmer 7 schlüpft.

Dort ordnet sie die Wiesenblumen zu einem hübschen Strauß und stellt ihn Hans-Georg Richter auf sein Tischchen. Dann huscht sie ungesehen wieder aus seinem Zimmer hinaus.

Hans-Georg Richter kommt von einer kleinen Fahrt durch das Waldachtal zurück. Er trifft Cornelia im Speisesaal an. Das Mädchen legt gerade die Bestecke aus und steckt frische Servietten in die Basttaschen.

„Immer treffe ich dich bei einer Arbeit an! Hast du denn gar keine Zeit zum Spielen?"

„Zum Spielen bin ich schon zu groß, Herr Richter. Nein, ich helfe

34

der Mutti. Das macht mir mehr Freude", und sie sieht ihn prüfend von der Seite an.

Ob er wohl schon auf seinem Zimmer gewesen ist? Ob er den Blumenstrauß entdeckt hat? Nein, bestimmt nicht, sonst würde er sicherlich etwas sagen.

„Du hast ja überhaupt nichts von deinen Ferien", es klingt fast wie ein Vorwurf. „Ich überlege schon, wie wir das ändern können. Ich werde Frau Huber . . ."

„Nein, bitte nicht", wirft Cornelia schnell ein, „ich helfe ja vor allem der Mutti. Frau Huber braucht jetzt jede Hilfe, wo Resi . . .", Cornelia schweigt bestürzt. Nein, sie will Resi nicht angeben!

„Ja, ich weiß schon", meint Hans-Georg Richter grimmig. „Resi hätte eher allen Grund, fest zuzupacken."

„Nein, das wollte ich nicht sagen", Cornelia ist es unangenehm, daß Herr Richter ihre Gedanken erraten hat, „zumal Frau Huber nicht möchte, daß ich mit den Gästen rede."

„Ja, das weiß ich. Aber ich rede trotzdem mit dir, und du wirst mir auch antworten. Habe keine Angst. Ich werde dich immer verteidigen. Gegen Frau Huber und gegen jeden anderen. Weißt du was? Wir zwei schließen richtig Freundschaft miteinander."

„O ja, gleich als ich Sie damals sah, mochte ich Sie gut leiden, Herr Richter. Mein Vati war genauso. Er hatte auch so gute Augen wie Sie und eine so liebe Stimme."

„Du hast ihn gewiß sehr lieb gehabt?"

„Ja, und Mutti hatte ihn auch sehr lieb. Sie denkt so oft an ihn, und ich glaube, sie kann ihn überhaupt nicht vergessen. Als ich Sie sah, da dachte ich gleich: Herr Richter ist genau wie mein Vati, und deshalb habe ich Sie sofort gemocht. Ich glaube, Mutti hat das auch gedacht."

„So?" sagt er und lächelt, „ich freue mich, daß du mich gern magst, Cornelia. Ich mag dich auch sehr gern, und deshalb möchte ich, daß wir gute Freunde bleiben. Für immer, verstehst du? Wenn du Kummer hast, wendest du dich ganz einfach an mich. Komm, gib mir die Hand drauf! Auf gute Freundschaft, Cornelia."

Er drückt die ausgestreckte Kinderhand. Am liebsten hätte er das Mädchen, das ihn so sehr an seine Monika erinnert, in die Arme genommen. Aber das wagt er noch nicht.

„Auf gute Freundschaft, Herr Richter", erwidert Cornelia glücklich.

„Halt! Jetzt heiße ich nicht mehr Herr Richter für dich. Jetzt bin ich dein Freund und heiße Onkel Hans-Georg. Vergiß das nicht!"

„Nein, Herr . . . Hans-Georg." Dann lachen sie beide.

Cornelia weiß, daß sie einen guten Freund gefunden hat.

Aber nicht nur sie allein — auch die Mutter wird nun ein bißchen unter seinem Schutz stehen.

3. Neue Gäste in der „Alpenrose"

Die beiden Zimmer für die Familie Zöllner sind rechtzeitig fertig geworden.

Aber die Zöllners kommen mit zweistündiger Verspätung an, denn einen Reifenwechsel, den sie unterwegs vornehmen mußten, konnten sie ja nicht im voraus ahnen.

Toni und Cornelia eilen vor die Tür, als der Wagen hält.

Zuerst springen lachend die beiden Kinder heraus. Anita ist schon vierzehn Jahre alt. Sie hat ein frisches Gesicht, in dem eine kecke Stupsnase steckt. Sie begrüßt Cornelia mit festem Händedruck.

„Du wohnst sicherlich auch hier", sprudelt sie los, „das ist fein. Wir können zusammen Spaziergänge machen oder sonst irgend etwas unternehmen. Wir haben auch das Federballspiel mit. Spielst du gern Dame und Mühle?"

Aber ehe noch Cornelia etwas sagen kann, stürzt schon der elfjährige Armin auf sie zu.

„Natürlich wird sie Dame und Mühle spielen", meint er, „du gefällst mir. Du siehst aus, als könnte man mit dir durch dick und dünn gehen. Das werden diesmal bestimmt lustige Ferien, nicht wahr, Anita?"

„Kinder, Kinder", lacht Herr Zöllner. „Das Mädchen kommt ja gar nicht zu Wort. Ihr wißt ja noch nicht einmal, ob sie auch in der ‚Alpenrose' wohnt."

„Doch, ich wohne auch hier", entgegnet Cornelia nun. „Grüß Gott, Herr Zöllner, Grüß Gott, Frau Zöllner! Herzlich Willkommen!"

„Herzlich Willkommen", wünscht auch Toni und greift nach den Koffern, die Herr Zöllner aus dem Kofferraum des Wagens holt. „Ich wünsche Ihnen und Ihrer Familie frohe Ferien und gute Erholung bei uns."

Oh, Toni weiß schon, was sich für einen Hotelier gehört! Sein Vater und Xaver können die Gäste nicht besser empfangen.

Herr Zöllner sieht den netten, frischen Jungen, aus dessen braungebranntem Gesicht die Augen so freundlich in die Welt blicken, wohlgefällig an.

Dann schweift sein Blick an der anheimelnden Fassade des Hotels „Alpenrose" entlang, und er nickt zufrieden.

„Ich glaube schon, daß es uns hier gut gefällt", meint er. „Wenn das Innere des Hauses mit seinen Menschen so angenehm ist wie das Äußere, dann ist es richtig. Du bist sicherlich der Sohn des Hauses?"

„Ja, ich bin der Toni Huber", und er packt mit festem Griff gleich zwei Koffer.

Cornelia greift auch zu, aber Herr Zöllner wehrt ab.

„Halt, das ist nichts für dich. Die Tasche ist zu schwer, und den Koffer trage ich. Ich danke dir, daß du so hilfsbereit bist", und er sieht lächelnd in das Kindergesicht mit den blauen Augen. „Du bist wohl die Schwester vom Toni?"

Resi ist in die Eingangstür getreten und hat die letzten Worte Herrn Zöllners gehört. Hastig tritt sie hinzu und sagt wegwerfend: „Nein, sie ist bloß die Tochter vom Zimmermädchen. Sie kann ruhig mit tragen helfen, denn ihre Mutter wird ja für die Arbeit bezahlt. Ich bin Resi, die Schwester vom Toni!"

Das Lächeln auf dem Gesicht des Gastes ist bei Resis Worten erloschen. Mit ernstem, fast bösem Blick sieht Herr Zöllner in das hochmütige, trotzige Gesicht des Mädchens.

Auch Frau Zöllner schaut Resi erstaunt und befremdet an.

Armin aber stupst Anita in die Seite. „Du, die hat den Hochmutskoller", flüstert er. „Es müßte doch Spaß geben, sie ein bißchen zu ärgern, wie?"

„Ich bin dabei", flüstert Anita zurück und kichert.

„So, du bist also die Resi", sagt Herr Zöllner nachdenklich, „ich werde es mir merken". Dann nimmt er Tasche und Koffer auf.

Aber da kommen schon Toni und Xaver, und nun ist das Gepäck rasch ins Haus getragen.

„Kommt mit", sagt Resi zu Anita und Armin. „Ich will euch das Haus zeigen. Im Garten sind Liegestühle — auf dem Balkon auch. Vom Balkon des Ganges im dritten Stock kann man den Wasserfall drüben an der Straße sehen . . ."

„Ich habe keine Lust", sagt Anita kurz. „Das sehen wir alles noch früh genug."

„Ja, und das gucken wir uns ohne dich an", kräht Armin hinter ihr her und macht Resi eine lange Nase.

„Du bist ein ungezogener Junge!" Resi ist beleidigt.

„Und du bist ein böses Mädchen!" kontert Armin. „Komm mit uns, Cornelia. Die mögen wir nicht."

Cornelia ist das alles ziemlich unangenehm. Sie möchte keinen Streit haben. Ihr Blick geht unsicher und unentschlossen zwischen Resi und den Gästekindern hin und her.

„Cornelia gehört nicht zu euch!" trumpft Resi auf. „Die muß in der Küche und im Haus helfen. Sie wird nie mit euch spielen können. Was sagt ihr nun?"

„Das werden wir ja sehen!" ruft Armin aufgebracht. „Das hast du doch nicht zu bestimmen!"

„Aber meine Mutter!" ruft Resi triumphierend zurück. „Sie hat immer Arbeit für Cornelia. Wenn ich ihr sage, daß Cornelia mit euch spielen will, dann wird sie noch mehr Arbeit für sie finden."

Cornelia geht still an den Kindern vorbei ins Haus.

Nein, zum Spielen ist sie wirklich nicht hier. In der freien Zeit, die sie hat, muß Cornelia fleißig in die Schulbücher gucken. Die Mutter wird ja längere Zeit in der „Alpenrose" Dienst tun, und es wird sich nicht vermeiden lassen, daß Cornelia ein paar Monate lang die kleine Dorfschule von Waldach besucht. Diese Schule lehrt aber kein Englisch und keines der Fächer, die Cornelia auf dem Gymnasium in München hat. So muß sie sich allein weiterbilden, um Anschluß an den Lehrstoff zu finden, wenn sie wieder in ihre Schule zurückkommt.

Anna bittet Cornelia, die Pflanzen in den Gängen zu gießen und welke Blätter vorsichtig abzudrücken. Und während Cornelia die ihr aufgetragene Arbeit gewissenhaft erfüllt, schleichen sich Anita und Armin aus dem Zimmer. Die Eltern packen die Koffer aus und räumen die Schränke ein. Da sind die beiden Kinder doch nur im Wege. Sie treffen Cornelia, die gerade im zweiten Stock die große, breite Blattpflanze gießt.

Anita sagt: „Cornelia, es macht uns gar nichts aus, daß deine Mutter hier Zimmermädchen ist. Was ist schon dabei? Mein Vati sagt immer, solange man sich sein Brot ehrlich und anständig verdient, ist kein Beruf zu verachten. Sicherlich verdient dein Vater nicht genug, so daß deine Mutter mitarbeiten muß.“

„Ich habe keinen Vater mehr“, antwortet Cornelia leise.

„Ach so.“ Anita ist verlegen. „Da ist es doch anständig von deiner Mutter, wenn sie hier arbeitet. Es ist schön in Waldach, und verdienen wird sie sicherlich auch gut.“

„Ja, das glaube ich auch. Aber ich vermute, daß sie hauptsächlich hier ist, um bei der Arbeit nicht soviel an Vati denken zu müssen. Sie hat immer nur gegrübelt. Jetzt hat sie fast keine Zeit mehr dazu.“

Anita nickt.

Armin sieht Cornelia nachdenklich an. Er stellt sich vor, wie es sein würde, wenn er selber keinen Vater mehr hätte.

Den Jungen schaudert es bei dem Gedanken. Er möchte seinen lieben und verständnisvollen Vater auf keinen Fall missen. Er ist sein bester Freund und ein wirklicher Kamerad, auf den man sich unbedingt verlassen kann.

Und Cornelia hat keinen Vater mehr! Arme Cornelia!

Er sagt: „Wenn du etwas wissen willst oder irgend etwas brauchst, kannst du immer zu meinem Vater kommen. Er hilft dir bestimmt. Unser Vater ist schwer in Ordnung.“

„Danke“, sagt Cornelia, „ich werde daran denken.“

Von Hans-Georg Richter spricht sie nicht. Das ist noch ihr Geheimnis, das sie nicht einmal der Mutter verraten hat. Hans-Georg Richter ist ihr Freund. Sie wird ihn immer zuerst um Hilfe bitten, wenn sie Hilfe braucht.

„Was tust du, wenn du fertig bist, Cornelia?“ drängt Anita. „Du kannst doch nicht immer nur zu tun haben. Gehst du mit uns ein Stück durch Waldach?“

„Ich weiß noch nicht, ob ich mitkommen kann“, entgegnet Cornelia und horcht schon wieder nach unten.

Die harte, immer ein wenig rauhe Stimme Frau Hubers klingt

herauf. Sie ruft Anna etwas zu. Dann kommt sie selbst ungeduldig und hastig nach oben.

„Schnell, geht weg", flüstert Cornelia. „Frau Huber kommt! Sie mag es nicht leiden, wenn ich mit den Gästen spreche."

„Warum denn nicht?" fragt Anita verdutzt. „Du liebe Zeit — du bist doch hier keine Gefangene. Mir scheint, Frau Huber ist genauso unfreundlich wie ihre Resi."

„Das darfst du nicht sagen." Cornelia horcht nach unten, wo sich Frau Hubers Schritte auf dem Gang im ersten Stockwerk verlieren. „Mutti und ich gehören zum Personal. Frau Huber macht da eben einen deutlichen Unterschied. Ich weiß nicht, ob sie damit recht hat . . ."

„Das hat sie nicht!" empört sich Anita. „Ihr dürft euch das nicht gefallen lassen. Frau Huber denkt da ganz altmodisch."

Cornelia seufzt bei den Gedanken an Frau Huber und Resi. Aber dann lächelt sie.

„Toni und Herr Huber sind ganz anders. Ihr werdet sie noch kennenlernen. Sie sind beide großartig. Toni nimmt mich immer in Schutz, wenn Resi zänkisch ist. Und Herr Huber hat für Mutti und mich immer ein gutes Wort." Plötzlich horcht sie wieder auf. „O je, jetzt kommt Frau Huber doch noch nach oben! Bitte, geht in eure Zimmer, damit sie nicht mit mir zankt!"

„Also gut", meint Anita, faßt Armins Hand und wendet sich zum Gehen.

Als Frau Huber die Treppe emporgehastet kommt, hört sie gerade noch die Zimmertür 16 ins Schloß fallen. Cornelia steht vor der großen Blattpflanze und löst die welken Blätter.

„Beschädige mir nur ja die Pflanzen nicht", sagt sie im Vorbeieilen. „Es wäre schade um jedes Stück."

Ihre Worte klingen nicht unfreundlich. Cornelia sieht auf.

„Nein, nein, Anna hat mir gezeigt, wie es gemacht wird. Ich bin ganz vorsichtig."

Da nickt Frau Huber und geht weiter.

Cornelia sieht ihr nachdenklich nach. Frau Huber kann also auch nett sein! Vielleicht sind es einfach die viele Arbeit und das ständige Bemühen, auf die unmöglichsten Wünsche der Gäste einzugehen, die sie nervös und ungeduldig machen?

40

Jedenfalls nimmt sich Cornelia vor, sich auch einmal in das unruhige Leben der Frau Huber hineinzudenken und mit der Mutter darüber zu reden.

Armin sagt zu Anita, als sie in ihrem Zimmer auf dem Balkon stehen: „Du, ich möchte zu gern die Resi ein bißchen ärgern. Ich weiß nur noch nicht, wie. Fällt dir nicht etwas ein?"

Anita denkt nach.

„Es kann nur etwas sein, was nicht auf Cornelia zurückfällt. Du weißt, daß sie sonst den Ärger an ihr ausläßt. Und das wollen wir ja nicht."

Armin schüttelt den Kopf. Sie denken beide nach, aber es fällt ihnen nichts ein.

Aber schon am nächsten Tag, als Armin durch das Haus strolcht, wird er Zeuge eines Gesprächs zwischen Frau Huber und Resi.

Der Junge, der zur rückwärtigen Tür in den Hof hinausgehen will, bleibt bestürzt an der offenen Kellertür stehen.

„Darf ich jetzt gehen, Mutter?" fragt Resi.

„Wo willst du denn hin?" ruft Frau Huber unwillig. „Wir sind noch nicht fertig mit dem Haus. Du weißt, daß Anna und Line mit der Wäsche zu tun haben. Therese und Cornelia machen die Zimmer heute ganz allein . . ."

„Was tun denn Anna und Line bei der Wäsche? Der Automat macht doch die Arbeit. Line kann ruhig oben mithelfen!"

„Du mußt die Arbeitseinteilung schon mir überlassen. Line ist an der Bügelmaschine. Ich kann Therese nicht noch mehr Arbeit aufbürden. Sie ist ohnedies eine gute und fleißige Helferin. Du nimmst jetzt den Bohnerbesen und machst die Böden auf den Gängen blank."

Armin hört, wie Resi aufstöhnt. Sie hätte sich mit ihrer Freundin Vroni am Brunnen verabredet. Es wäre höchste Zeit, sie käme ohnedies zu spät. Und nun solle sie noch die Böden bohnern!

„Mutter, ich habe der Vroni versprochen, zu kommen. Die Böden kann doch Cornelia machen."

„Cornelia hilft Therese. Du machst die Böden, wie ich es gesagt habe! Du weißt, daß bis elf Uhr das Haus in Ordnung sein muß."

„Ich habe ja überhaupt nichts von meinen Ferien", klagt Resi, und Armin, der oben an der Kellertür steht, kichert schadenfroh in sich hinein. „Nicht einmal mit den Freundinnen darf ich mich treffen."

„Dazu hast du nachmittags Zeit", meint Frau Berta unerbittlich. „Das heißt: wenn keine andere Arbeit vorliegt! Cornelia hat auch nichts von ihren Ferien. Sie arbeitet hier mit der Mutter und hat sich noch nicht ein einziges Mal beklagt."

„Dafür werden die beiden ja auch bezahlt", trotzt Resi. „Aber ich bin die Tochter des Hauses . . ."

„Ja, und deswegen nimmst du fix den Bohnerbesen und machst dich an die Arbeit, damit unsere Gäste zufrieden sind!"

Resi murrt weiter, aber sie sieht ein, daß die Mutter sie jetzt nicht fortgehen läßt. Sie nimmt also die Bohnermaschine und stapft unwillig die Treppe hinauf.

Armin huscht schnell hinter die Hoftür. Er schielt vorsichtig um die Ecke, und als Resi zum ersten Stock hinaufsteigt, schleicht er ihr nach.

Cornelia leert gerade den Papierkorb aus Hans-Georg Richters Zimmer, als Resi vor sie hintritt.

„Du sollst jetzt die Böden bohnern, Cornelia", sagt sie und stellt die Maschine gegen die Wand. „Ich habe eine andere Arbeit."

„So?" fragt Cornelia erstaunt und sieht die Mutter an. „Frau Huber hat mir aufgetragen, bei den Zimmern mitzuhelfen, weil Anna und Line keine Zeit haben."

„Ja, aber jetzt sollst du erst die Böden bohnern. Du kannst danach wieder bei den Zimmern helfen. Eile dich, damit du bald fertig wirst!"

„Bohnere nur erst, wenn es Frau Huber so will", meint Frau Therese, „ich werde inzwischen auch allein fertig."

Resi ist froh, daß ihre List so gut geglückt ist. Nun kann sie doch rasch noch zum Brunnen laufen und sich mit Vroni treffen.

Sie wendet sich hastig um und eilt die Treppe hinab. Auf der untersten Stufe steht Armin und versperrt ihr den Weg.

„Was fällt dir ein", zankt Resi, „laß mich vorbei! Ich habe keine Zeit", und sie versucht, Armins Arm nach unten zu drücken.

Aber der Junge umklammert fest das Geländer. „Ich weiß, daß du keine Zeit hast", sagt er so laut, daß es Frau Therese und Cornelia hören können, „du willst zu deiner Freundin Vroni."

„Das geht dich nichts an, wohin ich gehe", begehrt Resi auf, „laß mich sofort vorbei, oder ich sage es meiner Mutter."

Armin lacht vergnügt. „Ich wette, daß du das nicht tust", zwinkert er und schielt die Treppe hinauf, wo ihnen Cornelia zuhört. „Was meinst du wohl, was deine Mutter sagen würde, wenn sie wüßte, daß du Cornelia aufgetragen hast zu bohnern. Du weißt doch, daß du das selber machen solltest. Aber du drückst dich vor der Arbeit, weil du zu deiner Freundin willst."

„Das ist nicht wahr." Resi wird ungeduldig.

Ein paar Gäste sehen den beiden Kindern schon belustigt zu. Und plötzlich steht auch Hans-Georg Richter da. Er hört zu und wartet ab.

„Natürlich ist es wahr!" ruft Armin. „Ich habe es doch selber gehört, als deine Mutter dir die Arbeit aufgetragen hat. Du wolltest sie nur nicht tun und denkst nun, daß du sie Cornelia aufladen kannst!"

„Du hast gehorcht!" Resi ist wütend. „Es gehört sich nicht, an den Türen zu horchen."

„Ich habe nicht gehorcht. Ich habe euch an der offenen Tür reden hören, als ich in den Hof wollte. Es war aber gut, daß ich stehengeblieben bin, sonst hätte Cornelia wieder den kürzeren gezogen und deine Arbeit machen müssen."

Nun tritt Hans-Georg Richter näher. „Ist es wahr, was Armin sagt? Hat die Mutter dir die Arbeit aufgegeben oder nicht?" fragt er das trotzige Mädchen.

Resi mag Hans-Georg Richter eigentlich gern, aber es kränkt sie, daß er keine Notiz von ihr nimmt und sich immer nur an Cornelia wendet und freundlich zu ihr ist. Sie vermag dennoch nicht zu lügen. Seine Augen sehen sie zu ernst, zu forschend an, und so sagt sie kleinlaut: „Nun ja, aber ich dachte, Cornelia könne es schnell noch tun. Ich wäre ja auch gleich wiedergekommen. Ich wollte ja nicht lange wegbleiben."

„Es tut nichts zur Sache, wie lange du wegbleiben wolltest, Resi." Unter Hans-Georg Richters Blick wird Resi noch unsicherer. „Es geht nur darum, daß du etwas Unrechtes tun wolltest. Am besten ist es, du machst es gleich wieder gut. Tu das, was dir die Mutter aufgetragen hat! Cornelia arbeitet wirklich schon genug. Du könntest dir ein Beispiel an ihr nehmen."

Resi beißt sich ärgerlich auf die Lippen. Sie wendet sich um und geht die Treppe wieder hinauf. Wortlos nimmt sie die Bohnermaschine, wirft Cornelia einen wütenden Blick zu und macht sich an die Arbeit.

Armin sieht froh zu Herrn Richter auf und zwinkert ihm zu.

„Der haben wir's aber gegeben", flüstert er, und ein Lächeln huscht über sein Lausbubengesicht.

4. Der Toni hat große Pläne

Über Nacht sind dunkle Wolken aufgezogen. Der Himmel am Morgen ist grau und regenschwer. Nebliger Dunst hüllt die Berggipfel ein, und die Ache wälzt sich schäumend in ihrem Geröllbett.

Es ist still in dem kleinen Ferienort im Waldachtal. Wie die Natur unter dem Regenhimmel noch zu schlafen scheint, so fällt es auch den Sommergästen schwer, aus den Betten zu finden. Nur vereinzelt kommen sie ins Frühstückszimmer. Sie trinken ihren Kaffee, essen ihre Brötchen und gucken seufzend zum Fenster hinaus.

Herr Richter freilich ist so früh wie immer aufgestanden. Ihn stört das unsichere Wetter nicht. Er wird einen Spaziergang auch bei Regen machen. Man muß nur wetterfest gekleidet sein.

Zunächst aber freut er sich auf Cornelia. Sie wird ihm heute die fehlende Sonne ersetzen.

Aber an diesem Morgen serviert nicht Cornelia das Frühstück. Resi und Line tun es. Auf Resis Gesicht liegt noch Beleidigtsein und Trotz, als sie Herrn Richter das Frühstück hinstellt.

Es ist nun schon einige Tage her, daß er den kleinen Betrug aufdeckte, den Resi an Cornelia begehen wollte, aber sie ist ihm noch immer böse. Herr Richter trägt es mit Humor und wünscht Resi einen guten Morgen. Aber ihr Gegengruß ist kurz und brummig.

„Jetzt weiß ich auch, warum heute die Sonne nicht scheint", meint er mit belustigtem Augenzwinkern, „sie versteckt sich vor deinem unfreundlichen Gesicht. Resi, tu nicht so, als hätte ich etwas angestellt! Die Schuldige warst doch du! Oder etwa nicht?"

Resi antwortet nicht. Sie geht hinaus und würdigt ihn keines Blickes.

Hans-Georg Richter verzehrt in gewohnter Ruhe sein Frühstück. Er tut das jeden Morgen mit der gleichen stillen Verwunderung darüber, daß er Zeit dafür hat. Zu Hause hatte er immer hastig und ruhelos gefrühstückt, um dann ins Werk zu hetzen, weil er der erste am Arbeitsplatz sein wollte.

Sinnend trinkt er seinen Kaffee und erhebt sich dann.

„Wohin soll's denn gehen?" ruft der Gast vom Nebentisch, ein Doktor der Philosophie, „viel kann man sich bei dem unsicheren Wetter ja nicht vornehmen."

Herr Richter lacht: „Aber immer noch genug, wenn man nicht tatenlos hier herumsitzen will. Ein Gang durch den Regen hat noch keinem geschadet, wenn er danach angezogen war."

„Richtig, richtig", pflichtet der Doktor bei, „na, lassen wir uns erst mal unser Frühstück schmecken! Irgendwo wird's uns schon hintreiben." Dann wechseln sie noch ein paar höfliche Worte.

Er verabschiedet sich mit einem freundlichen Nicken von den übrigen Gästen im Frühstückszimmer und tritt auf den Gang hinaus.

Seine Augen suchen Cornelia. Aber er sieht sie nicht, und er hört auch ihre Stimme nicht.

Als er die Treppe hinaufsteigen will, kommt Frau Therese mit einem Korb voll Wäsche aus dem Waschraum im Keller.

Eilfertig springt Herr Richter hinzu. „Lassen Sie mich den Korb tragen, Frau Therese", sagt er freundlich, „er ist doch viel zu schwer für Sie. Wo soll er denn hin?"

„Auf den Boden. Das Wetter ist ja viel zu unsicher, um die Wäsche im Garten aufzuhängen. Aber lassen Sie bitte, Herr Richter! Sie sind hier Gast. Frau Huber wäre es nicht angenehm, wenn Sie dem Personal bei der Arbeit helfen."

„Ich helfe nicht dem Personal", entgegnet Herr Richter ernst, „ich helfe einer Frau, die eine zu schwere Arbeit zu leisten hat. Das wird auch Frau Huber nicht abstreiten können", und er packt den Korb und trägt ihn die Treppe hinauf.

Frau Therese geht neben ihm her. Ein Lächeln liegt auf ihrem Gesicht. Es ist wohltuend, wenn sich ein Mensch um einen kümmert. Sie ist ihm dankbar für seine Hilfsbereitschaft, doch sie weiß zugleich, daß die Mißgunst Lines nicht geringer wird, als das Hausmädchen ihnen im ersten Stock begegnet.

Line sieht den beiden dann auch prompt mit schiefem Blick nach.

Herr Richter aber sagt nach einer Weile, während sie zum zweiten Stock hinaufsteigen: „Wo ist eigentlich Cornelia? Ich habe sie heute noch nicht gesehen. Sie ist doch nicht krank?" Es klingt echte Besorgnis aus seiner Stimme.

Frau Moosbacher lächelt: „O nein, Gott sei Dank nicht. Ich vermute, daß sie bei Anita auf dem Zimmer ist. Das Mädchen wollte ihr ein englisches Lehrbuch leihen."

Sie öffnet Herrn Richter die Tür zur Bodentreppe und läßt ihn eintreten.

„Will denn Cornelia hier auch noch lernen?" ruft er erstaunt. „Schafft das Kind immer noch nicht genug?"

„Doch, das schon", die Mutter seufzt ein wenig. „Cornelia möchte aber nichts verlernen, um den Anschluß an die Klasse nicht zu verpassen. Ich passe schon auf, daß ihre Hilfe hier nicht über ihre Kräfte geht. Aber das Mithelfen und das Lernen fällt ihr nicht schwer. Sie tut beides gern, und das ist ein großer Vorteil für sie."

Herr Richter stellt den Korb auf den Boden. Über seinem Kopf stoßen die Holzbalken der Dachschräge zusammen. Er kann gerade noch aufrecht stehen.

„Hat Cornelia schon einen Berufswunsch geäußert?" fragt er.

„O ja, sie möchte Lehrerin werden. Da wird sie aber noch viele Jahre lernen müssen."

Hans-Georg Richter nickt nachdenklich. Sie hat sich viel vorgenommen, die kleine Cornelia. Aber er ist überzeugt, daß sie ihr Ziel erreichen wird.

„Ich danke Ihnen, Herr Richter", sagt Frau Therese, „es war sehr lieb von Ihnen. Hoffentlich haben Sie keine Unannehmlichkeiten."

Er lacht: „Ich nicht. Und daß Sie keine haben, dafür werde ich sorgen." Er nickt ihr zu und geht die Treppe hinunter.

Dabei späht er nach Cornelia aus, denn er möchte sie etwas fragen. Aber er sieht sie nicht.

Cornelia hat sich von Anita das englische Lehrbuch geben lassen. Sie hat es in ihrem Stübchen auf den Tisch gelegt und ist nach unten geeilt, um zu fragen, ob es noch etwas zu helfen gibt.

Da sieht sie am Eingang des Hotels einen jungen Mann stehen, der sich unsicher umsieht.

„Kann ich Ihnen helfen?" fragt Cornelia. „Sicherlich suchen Sie Herrn Huber. Ich werde ihn holen."

„Nein, nein, ich suche nicht Herrn Huber", lacht der junge Mann. „Ich suche Line. Line Bernauer."

Er ist groß, schlank, hat ein keckes Gesicht, aus dem ein paar braune Augen gucken, die recht sorglos in die Welt schauen. Eigentlich sieht er nett aus. Aber irgend etwas an ihm gefällt Cornelia nicht. Sie weiß nicht, was es ist. Es ist einfach Unbehagen, das sie empfindet.

„Zu Line wollen Sie? Weiß sie, daß Sie kommen?"

„Nein, sie weiß es nicht. Ich will sie überraschen. Wo ist sie?"

„Das weiß ich nicht. Aber ich werde sie suchen", sagt Cornelia. „Warten Sie hier im Frühstückszimmer. Ich komme gleich wieder."

Auf der Treppe begegnet ihr Herr Richter. „Da bist du ja", sagt er erleichtert. „Ich habe dich schon gesucht. Wer ist denn das?" Er sieht über das Geländer. „Ein neuer Gast?"

„Nein, er will zu Line."

Cornelia blickt nun auch über das Geländer. Sie kann durch die offene Tür des Zimmers den jungen Mann sitzen sehen. Er hat die Beine lässig übereinandergeschlagen und raucht blaue Ringe vor sich hin.

„Er gefällt mir nicht", flüstert Cornelia, „nein, er gefällt mir wirklich nicht."

„Und warum nicht?"

„Ich weiß es nicht", sie zuckt die Schultern, „es ist eben so. Er sieht aus, als sei er nicht — echt."

Herr Richter lacht, wird dann aber ernst. „Hör mal, du kennst ihn doch gar nicht. Das ist ein Vorurteil. Und Vorurteile soll man nicht haben. Es wurde schon über manchen Menschen ein vorschnelles Urteil gefällt, an dem er dann zugrunde gegangen ist. Das solltest du immer bedenken."

„Ja, du hast recht, Onkel Hans-Georg", bekennt Cornelia, „entschuldige bitte! Aber ich empfand es plötzlich so, als ich ihn sah. Er sieht aus wie ein frecher Lausbub."

„Der Mann da unten ist bestimmt ein lustiger Kerl, und Line wird sich freuen, daß sie keinen miesepetrigen Freund hat. — So, aber nun wollte ich dich noch etwas fragen. Weißt du, wer mir seit einiger Zeit immer die hübschen Blumen auf mein Zimmer stellt?"

Cornelia wird ein wenig rot. „Nein, das weiß ich nicht, Onkel Hans-Georg", sagt sie dann, und ihr Blick geht an ihm vorbei. „Ich habe keine Ahnung."

Er merkt natürlich, daß sie schwindelt, und lächelt. „Hm", macht er und tut, als glaube er ihr, „du weißt es wirklich nicht? Jetzt weiß ich nicht einmal, bei wem ich mich bedanken soll. Denke dir, fast jeden Tag steht ein frischer Strauß auf meinem Tisch! Es duftet bei mir wie auf einer Almwiese. Gestern war es ein Strauß weißer Margeriten. Jede Blume sieht aus wie eine strahlende Sonne, und eine jede Blüte ist unbeschädigt, als habe sie der Spender extra so ausgesucht. Schade, daß du nicht weißt, wer es ist!"

„Nein, ich weiß es wirklich nicht", beteuert Cornelia noch einmal, aber es klingt recht matt.

„Dann wird es wohl der Xaver gewesen sein", zwinkert Herr Richter, „oder der Toni. Ja, das kann der Toni gewesen sein! Den Strauß könnte aber auch die dicke Martha hingestellt haben, weil ich sie oft wegen ihrer guten Küche lobe. Da wollte sie sich erkenntlich zeigen. Oder meinst du, daß es die Resi gewesen sein könnte?"

„Vielleicht", räumt das Mädchen leise ein.

„Na ja", sagt er leichthin, „bestimmt kriege ich das noch 'raus. Ich muß mich doch dafür bedanken. Es ist ja unhöflich von mir, wenn ich das nicht tue. Nicht wahr?"

„Vielleicht will der Spender gar keinen Dank", sagt Cornelia mit einem kleinen, schiefen Blick von unten herauf und fügt dann schnell hinzu: „O je, ich muß ja der Line Bescheid sagen. Ich habe jetzt wirklich keine Zeit mehr", und sie eilt hastig die Treppe hinauf.

Er sieht ihr lachend nach. Wie schlecht sie doch schwindeln kann, die kleine Cornelia! Aber lieb ist es von ihr, ihn ständig mit Blumen zu erfreuen. Nun, er wird sie schon noch überführen. Und er geht lächelnd die Treppe hinunter.

Cornelia findet Line auf ihrem Zimmer. Das Hausmädchen hat sich gerade eine frische weiße Schürze umgebunden und ordnet vor dem Spiegel das Haar, als Cornelia an die Zimmertür klopft.

Das Mädchen richtet ihr aus, daß Besuch auf sie wartet, und wendet sich wieder zum Gehen.

Da fragt Line hastig: „Wie sieht er aus? Hat er seinen Namen nicht genannt?"

50

„Nein, das hat er nicht", aber Cornelia beschreibt ihn so deutlich, daß sich Line erschrocken auf den nächsten Stuhl setzt.

Cornelia bemerkt, daß Line sehr blaß geworden ist.

„Bring ihn herauf", sagt sie hastig. „Aber so, daß keiner ihn sieht. Du wirst das schon machen, nicht wahr?"

Das Mädchen nickt, ein wenig bestürzt über Lines Heimlichtuerei. Dann läuft es hinaus und springt die Treppen hinunter.

Es gelingt Cornelia auch, den jungen Mann, nur von zwei Gästen gesehen, die sich aber nicht für ihn interessieren, in Lines Zimmer zu bringen.

Cornelia macht die Tür hinter ihm zu und bleibt nun doch neugierig horchend stehen.

„Grüß Gott, Line!" ruft der junge Mann lachend, „gelt, da staunst du?"

„Franz!" Line versagt fast die Stimme. „Franz, wo kommst du plötzlich her? Ich habe dich jetzt noch nicht erwartet."

„Du hast mich wahrscheinlich überhaupt nicht erwartet", meint er. „Es wäre dir doch bestimmt lieber, wenn ich gar nicht gekommen wäre, nicht wahr?"

Es ist ein Weilchen still hinter der Tür. Cornelia wird sich plötzlich bewußt, daß sie horcht, und sie schämt sich. Man lauscht nicht an fremden Türen. Das ist ungehörig. Hastig wendet sie sich ab und eilt die Treppe hinunter ...

„Ja, das wäre mir wirklich lieber gewesen", nickt Line. „Wenn du kommst, kommen auch immer Sorgen und Kummer mit. Du hast den Eltern nur Sorgen gemacht. Und jetzt kommst du zu mir. Warum hat man dich jetzt schon aus dem Gefängnis entlassen?"

„Ich habe mich eben gut geführt, Schwesterchen", lacht er. „Ich will ja nicht bei dir bleiben. Ich gehe gleich wieder. Ich möchte dich nur um etwas Geld bitten. Du wirst doch verstehen, daß ich Geld brauche, wenn ich mir ein neues Leben aufbauen will."

Line seufzt. Was hätte der Bruder auch anderes von ihr haben wollen als Geld. Immer ist er mit Geld großzügig umgegangen. Er hat es nie gelernt, Geld einzuteilen und vernünftig auszugeben. Er ist eben ein Tunichtgut und ein Hallodri. Sie wird ihm helfen müssen, denn sie ist ja seine Schwester.

„Ich gebe dir alles, was ich habe", sagt sie leise und geht zu ihrer

Kommode, „aber ich bitte dich: geh fort und komme nicht wieder! Suche dir ein kleines Zimmer, und kümmere dich um Arbeit! Geh nach München zurück! In der Stadt findest du heutzutage genug Arbeitsmöglichkeiten. Hast du verstanden?"

„Freilich, Line, habe ich das." Seine Stimme ist spöttisch und leichtfertig. „Ich danke dir auch. Du bist halt eine gute Seele."

Line sagt nichts darauf.

Er tippt zum Gruß gegen den Hut, nickt ihr mit keckem Lachen zu und huscht hinaus.

Line sinkt seufzend auf den Stuhl. Sie hat ihm, bis auf ein bißchen Kleingeld, alles gegeben, was sie in der Kommode hatte. Von ihrem Sparkassenbuch darf er natürlich nichts wissen, sonst kommt er wieder. Sie ist froh, daß er gegangen ist. Er ist trotz seines Leichtsinns in allen Lebenslagen ein netter Mensch. Er hat auch ein liebenswürdiges Äußeres. Sie mag Franz sonst gern, und wäre er nicht solch ein Taugenichts, sie würde stolz auf ihn sein.

Im ersten Stockwerk begegnet Herr Richter dem seltsamen Besuch Lines. Franz lüftet seinen Hut und grüßt mit strahlendem Lachen. Herr Richter grüßt wieder, aber seine Brauen ziehen sich dabei zusammen.

Merkwürdig, trotz der betonten Freundlichkeit des jungen Mannes beschleicht auch ihn nun ein leichtes Unbehagen.

*

An den Nachmittagen ist es meist still im Hotel, vor allem dann, wenn das Wetter schön ist. Die Gäste sind dann im Wagen oder zu Fuß unterwegs und kommen erst gegen Abend wieder, wenn das Essen serviert wird.

Martha bereitet mit Anni schon die Mahlzeit vor. Xaver und Toni haben kleine Haus- und Gartenarbeiten zu erledigen, und Anna, Line und Frau Therese helfen beim Wäscheausbessern oder verbringen auch mal ein Stündchen in ihrem Zimmer.

Cornelia ist an den Nachmittagen oft mit Anita und Armin zusammen gewesen. Sie haben Ball gespielt oder einen Bummel durch Waldach gemacht und dabei Eistüten gelutscht, die Anita und Armin für Cornelia von ihrem Taschengeld mitbezahlt haben.

Aber heute sitzt Cornelia allein im Hof neben dem Holzstapel. Anita und Armin sind mit den Eltern nach Brunnzell gefahren, um Einkäufe zu machen. Cornelia benutzt die Gelegenheit, um doch mal in ihr englisches Lehrbuch zu gucken.

Ab und zu irren ihre Blicke nach oben, zu Herrn Richters Balkon, obwohl sie weiß, daß er nicht da ist. Er ist mit einigen Gästen des Hotels auf einer kleinen Tour. Sie fühlt sich einsam und verlassen, wenn er nicht da ist, so sehr hat sie sich an seine freundlichen Worte gewöhnt.

Cornelia seufzt ein bißchen und vertieft sich wieder in ihr Buch.

Da kommt Toni über den Hof. Er sieht sie nicht, geht zum Schuppen, über dem die große Sonnenterrasse liegt, und holt zwei Liegestühle heraus.

„Mir kannst du auch einen geben", ruft Cornelia lachend. „Du hast ja zwei!"

„Herrje, ich habe dich gar nicht gesehen!" ruft er zurück. „Da! Willst du dich hineinlegen?" Er zeigt ihr die zerrissenen, buntstreifigen Bezüge an den Stühlen und grinst. „Ich muß sie erst neu beziehen. Dann können sie wieder aufgestellt werden. Es geht ja hier dauernd etwas kaputt. Warte, ich komme zu dir!"

Er schleppt die Stühle zum Holzstoß und guckt Cornelia über die Schulter.

„Was liest du denn da? Das ist ja Englisch! Willst du das lernen?"

„Ich habe schon seit zwei Jahren Englisch in der Schule", entgegnet sie. „Damit ich auf dem laufenden bleibe, sehe ich mir die nächsten Lektionen an. Ich möchte doch nicht hinter den anderen zurückbleiben."

„Hm", meint Toni, „ich hätte auch gern Englisch gelernt, vielleicht auch noch Französisch . . ."

„Französisch haben wir im nächsten Jahr. Aber bis dahin bin ich wieder in München. Englisch ist gar nicht schwer."

„Ach, in unserer Schule lernen wir so etwas nicht. Wozu auch? Die Buben und Mädchen hier brauchen keine Sprachen, wenn sie beim Vieh auf der Weide helfen. Aber ich möchte fremde Sprachen können. Du hast ja gesehen, daß wir oft Ausländer hier haben. Da macht es einen guten Eindruck, wenn man wenigstens etwas versteht."

„Etwas?" Cornelia denkt nach. „Das kannst du auch bei mir lernen, Toni. So viel kann ich schon. Komm, setz dich her! Ich sage dir vor, und du sprichst es nach."

Toni ist sogleich dabei. Er vergißt die Liegestühle, die er reparieren soll, und setzt sich zu Cornelia auf den Holzstoß.

„Paß auf: jetzt kommt ein Gast und sagt: Give me butter and bread, please. Das heißt: Bitte, geben Sie mir Butter und Brot. Das ist doch ganz einfach. Nun sage es nach! Give me butter and bread, please."

Toni bringt die Worte gut zusammen. Es macht ihm Spaß.

„So wird es geschrieben", sagt Cornelia und zeigt auf eine Seite in ihrem Lehrbuch. „Es ist am besten, wenn du es dir abschreibst. Nun sagt der Gast: Thank you . . ."

„Das kenne ich schon", lacht Toni, „es heißt: danke. Wie sagt er aber, wenn er Kaffee und ein Ei haben will?"

„Give me coffee and an egg and a knife and a little spoon, please!"

Toni sieht Cornelia fragend an, und sie erklärt es ihm.

„Ich finde das einfach großartig", sagt Toni schließlich, nachdem er schon einige Minuten Englischunterricht hinter sich hat. „Weißt du, ich möchte nämlich mal ein richtiger, perfekter Hotelier werden. Ich meine, da muß man einfach alles können, was mit dem Hotelgewerbe zu tun hat. Es genügt heute nicht mehr, den Leuten nur das Essen hinzustellen und sich um nichts weiter zu kümmern. Man muß sich auch mit ihnen unterhalten können und wenigstens ein bißchen von ihrer Muttersprache verstehen. Dann fühlen sie sich gleich heimisch."

„Das ist richtig, Toni. Sobald wir zwei freie Zeit haben, lernen wir jetzt zusammen Englisch. Damit ist uns beiden geholfen. Ich möchte später Lehrerin werden. Ich darf auch nichts versäumen."

„Lehrerin?" staunt Toni. „Da hast du aber noch allerhand vor. Komm — laß uns weitermachen!"

Sie sind so eifrig dabei, daß sie Frau Huber nicht hören, die von der Terrassentreppe herunterkommt.

„Hier sitzt du und tust nichts!" zankt sie. „Ich denke, du hast die Liegestühle fertig. Was hast du da mit Cornelia Märchen zu lesen?"

„Das sind keine Märchen, Mutter", erwidert Toni gekränkt. „Das ist ein englisches Lehrbuch. Cornelia will mir ein bißchen Englisch beibringen . . ."

„Englisch ? Wozu brauchst du das ?" ruft Frau Huber aufgebracht. „Das ist doch Zeitverschwendung! Hättest du lieber die Stühle repariert. Das wäre wichtiger gewesen."

„Aber Mutter, fremde Sprachen lernen ist doch keine Zeitverschwendung. Zu uns nach Waldach kommen so viele Ausländer. Es ist doch gut, wenn man sie versteht."

„Wir sind auch bisher mit ihnen fertig geworden", meint Frau Huber kurz. „Wir haben immer begriffen, was sie wollten. Ich sage: Du brauchst das nicht! Laß Cornelia lernen, wenn sie meint, sie müsse es wissen. Komm, nimm die Stühle und mache dich an die Arbeit!"

Toni steht auf, packt die Stühle und trabt zum Schuppen zurück.

Als die Mutter gegangen ist, flüstert er Cornelia zu: „Es bleibt dabei. Wenn wir zwei Zeit haben, lernen wir zusammen Englisch."

Cornelia kneift ein Auge zu und nickt.

Nun sitzen sie in jeder freien Minute zusammen, und Toni erweist sich als ein gelehriger Schüler. Die wichtigsten Worte hat er bald zusammen. Es gelingt ihm sogar schon, einige Sätze zu sprechen und auch zu verstehen.

Herr Richter aber freut sich, als er davon erfährt.

„Wenn ihr etwas nicht wißt", sagt er zu Cornelia und Toni, „dann kommt zu mir. Ein bißchen bin ich in der englischen Sprache schon bewandert. Ich kann euch dann bestimmt helfen."

Er sagt ihnen nicht, daß er, nach einem mehrjährigen Englandaufenthalt, ein ausgezeichnetes Englisch spricht.

Cornelia ist glücklich, daß ihnen der große Freund auch darin helfen kann. Was kann er eigentlich nicht?

„Man kann im Leben nie genug wissen", sagt er, „und je früher man lernt, desto besser. Damit soll aber nicht gesagt sein, daß man im Alter mit dem Lernen aufhören soll. Man ist auch nie zu alt zum Lernen, das müßt ihr euch merken."

„Nicht wahr, Herr Richter, Sie meinen auch, daß mir ein bißchen Englisch als Hotelangestellter nur von Nutzen sein kann?"

„Aber natürlich, Toni!" lacht Hans-Georg Richter. „Lerne es nur, wenn es dir Freude macht. In Cornelia hast du sicherlich eine gute Lehrmeisterin. Sie hat eine gute Aussprache, und das ist viel wert."

Cornelia errötet über sein Lob. Mit doppeltem Eifer stürzen sich die beiden nun in den selbstgewählten Unterricht.

Frau Huber darf das freilich nicht merken. Sie findet immer noch, daß es reine Zeitvergeudung ist, über den Schulbüchern zu sitzen.

Resi macht sich über Cornelia und Toni lustig, wenn sie sie beisammensitzen sieht.

„Ich möchte wissen, wozu du Englisch lernen willst", spöttelt sie. „Meinst du, die Kühe verstehen dich besser, wenn du so mit ihnen sprichst? Die sagen doch nur muh."

„Ich glaube, die Kühe sind klüger als du", gibt Toni zurück. „Die würden mich sicher verstehen, du aber nicht. Außerdem rede ich nicht mit den Kühen Englisch, sondern mit unseren Hotelgästen . . ."

„Ach, die Armen!" stöhnt Resi. „Die werden meinen, du sprichst Hinterindisch. Da muß ich jetzt schon lachen über die dummen Gesichter, wenn sie dich hören! Nein so was! Unser Hausdiener spricht Englisch! So was habe ich noch nicht gehört."

„Lieber einen englischsprechenden Hausdiener, als ein dummes Häusmädchen, wie du eins bist", gibt ihr der sonst so gutmütige Toni heftig zurück.

„Du bist frech", meint Resi. „Ich werde es der Mutter sagen, daß du wieder bei Cornelia hockst und nichts tust."

„Meinetwegen", knurrt Toni. „Jetzt ist mir schon alles gleich."

Resi verpetzt den Toni auch wirklich, und sie freut sich diebisch, als die Mutter mit ihm schimpft.

Aber Toni läßt sich durch nichts abbringen. Jede freie Minute sitzt er mit Cornelia zusammen. Oft ist Anita dabei, die auch Englisch in der Schule lernt. Besonders interessant werden die kleinen Privatstunden, wenn Herr Richter daran teilnimmt. Dann ist das Lernen für alle eine reine Freude und ein echter Gewinn.

„Muß der Richter aus Zimmer 7 den Kindern auch noch den Kopf verdrehen?" schimpft Frau Huber, als Resi ihr das hinterbringt. „Er mag vielleicht die fremde Sprache brauchen — der Toni braucht sie nicht. Der hat andere Sachen zu tun."

Herr Huber aber lacht gemütlich. „Laß nur den Buben. Der macht's schon richtig", meint er. „Der wird eben mal ein richtiger Hotelier, so einer, wie ich habe werden wollen", und er lächelt still vor sich hin.

„Unsinn", widerspricht Frau Berta unfreundlich. „Du hast auch ohne Englisch und Französisch die ‚Alpenrose' zum ersten Hotel von Waldach gemacht. Was willst du mehr?"

„Ich bin zufrieden", gesteht Herr Huber. „Aber es könnte sein, daß der Toni die ‚Alpenrose' zum ersten Hotel vom ganzen Waldachtal macht. Was meinst du dazu?"

Frau Huber brummt vor sich hin, und damit ist die Sache für sie abgetan.

Ein neuer Gast ist angekommen. Es ist eine reiche Holländerin. Sie ist elegant gekleidet und schmuckbehangen. Eigentlich paßt sie gar nicht so recht in die Bergwelt. Aber sie ist freundlich und lebhaft und steht bald im Mittelpunkt aller Hotelgäste. Da sie ohnedies nur kleine Spaziergänge durch Waldach und das Tal unternimmt, stört es keinen und sie selber am wenigsten, daß sie sich ständig in eleganter Stadtkleidung präsentiert.

Sie hat Cornelia sogleich ins Herz geschlossen, denn das freundliche Mädchen gefällt ihr. Und auch Cornelia schwärmt von ihr und ihrem Reichtum in kindlicher Begeisterung.

„Mutti, sieh nur das herrliche Armband!" ruft sie eines Tages und legt es um den Arm. Es ist eine Kostbarkeit, die da funkelt und schimmert.

„Bitte, Cornelia, leg es hin", sagt die Mutter, die mit ihrem Mädel das Zimmer der Holländerin aufräumt. „Ich mag es gar nicht, wenn die Gäste ihren Schmuck liegenlassen. Sie sollen ihn wegschließen. Wie schnell kann in einem Zimmer etwas abhanden kommen. Ich finde überhaupt, daß Frau van Haag etwas leichtsinnig mit ihren Wertsachen umgeht. Ich werde sie darauf aufmerksam machen."

„Du hast recht, Mutti. Aber ist das Band nicht wunderschön?" Cornelia legt es vorsichtig wieder in das offene Kästchen zurück. „Ach Mutti, manchmal denke ich, es müßte doch herrlich sein, soviel Geld zu haben, daß man sich alles kaufen kann: schöne Kleider, echten Schmuck . . ."

Frau Therese lächelt. „Es fragt sich, ob du dabei so glücklich wärst, Kind. Stell dir vor, wie es ist, wenn du dir alles, aber auch wirklich alles kaufen kannst. Welche Wünsche, welche Hoffnungen könntest du noch haben? Müßtest du nicht immer fürchten, nur deines Geldes wegen geachtet zu werden? Du wärst bestimmt ein einsamer Mensch, trotz deines Reichtums."

Cornelia wird nachdenklich. „Vielleicht hast du recht, Mutti", gibt sie zu. „Nun, wenn auch nicht reich, aber so viel, daß man keine Sorgen hat, möchte ich haben. Das ginge doch, nicht wahr? Oder hast du gar keine Wünsche?"

Frau Therese schüttelt die Federn auf und zieht die Bettdecke glatt. Ein kleines Lächeln huscht über ihr Gesicht.

„Wünsche? Ach, Cornelia!"

Das Mädchen sucht nach einem Trost für die Mutter.

„Weißt du", sagt Cornelia nach einer Weile. „Herr Richter erinnert mich immer an Vati. Findest du nicht, daß er ihm ähnlich ist?"

Das muß Frau Therese zugeben. Er hat nicht nur das Äußere von Cornelias Vater, er hat auch seine Freundlichkeit, seine Güte, Fürsorglichkeit. Und Frau Therese lächelt bei dem Gedanken.

„Ich habe Vati nicht vergessen", sagt Cornelia, „aber seitdem Onkel Hans-Georg da ist . . ."

„Onkel Hans-Georg? Für dich ist das Herr Richter, mein Kind." Es klingt ein wenig tadelnd.

„Nein, Mutti", auf Cornelias Gesicht liegt ein glückliches Lächeln, „ich darf Onkel Hans-Georg und du zu ihm sagen. Wir sind Freunde.

Wir haben richtig Freundschaft miteinander geschlossen. Er will mir immer helfen, wenn ich Hilfe brauche. Er ist uns beiden ein Freund."

„Aber Kind, er ist für uns ein fremder Mann. Wir haben ihn erst vor zwei Wochen kennengelernt. Ich finde es nicht nett von ihm, daß er hinter meinem Rücken Freundschaft mit dir schließt. Und du hast das bisher auch noch niemals getan."

„Aber Mutti", Cornelia ist sehr enttäuscht. „Onkel Hans-Georg ist doch kein fremder Mensch für uns. Er ist so gut, so klug." Dann sieht sie die Mutter ein wenig bange von unten herauf an und flüstert: „Mutti, bist du sehr böse, wenn ich dir sage, daß ich Onkel Hans-Georg richtig lieb habe?"

Frau Therese läßt mit einem Seufzer die Hände sinken. Darf sie dem Kind die Freundschaft mit Hans-Georg Richter verbieten?

„Nein, ich bin dir nicht böse, Cornelia", sagt sie langsam, „aber ich meine, es ist nicht gut, dich so an ihn zu gewöhnen. Sieh mal, er ist hier ein Gast. In zwei, drei Wochen reist er wieder ab, und dann bist du allein. Vielleicht schreibt er dir noch ein paarmal, dann hat er das kleine Mädchen aus der ‚Alpenrose‘ vergessen . . ."

„Nein, Mutti!" wehrt Cornelia ab, „ich weiß, daß Onkel Hans-Georg mich nicht vergessen wird. Wir sind Freunde, und ein richtiger Freund vergißt den anderen nicht. Ich werde immer an ihn denken, auch wenn er einmal von hier weggefahren ist, und", sie fügt es leidenschaftlich hinzu, „ich werde ihn immer liebhaben."

„Hoffentlich behältst du recht, Kind", entgegnet Frau Therese leise, „ich will dir deinen Glauben nicht nehmen. Aber das Leben stellt an einen Mann wie Herrn Richter große Anforderungen. Er ist Kaufmann. Er hat ein Geschäft mit vielen Angestellten, die alle von ihm erwarten, daß er sich für ihr Wohlergehen einsetzt. Da mußt du bescheiden im Hintergrund bleiben, denn du bist nur ein kleines, fremdes Mädchen für ihn."

„Mir ist nicht bange, Mutti." Cornelia ist zuversichtlich. „Onkel Hans-Georg hält, was er versprochen hat. Er wird uns beide nicht vergessen. Du wirst es sehen."

Da sagt Frau Therese nichts mehr. Es spricht so viel Vertrauen aus den Worten des Kindes, daß sie nicht vermag, Cornelia die Hoffnung und den Glauben zu nehmen.

5. Mißtrauen und Kummer

Cornelia holt jeden Morgen die Milch für das Hotel beim Weidebauern Hallgruber. Sein Gehöft liegt abseits der Hauptstraße, da, wo sich das Achental auf Brunnzell zu weitet.

Das Mädchen zieht dabei ein Wägelchen hinter sich her, auf dem die beiden grauen Milchkannen klappern.

Von den Bergen weht es kühl und erfrischend. Einige Frühaufsteher unter den Feriengästen sind schon unterwegs. Sie haben größere Touren vor sich und sind entsprechend ausgerüstet.

Vor dem Gasthof „Bergwelt" hält der Omnibus, er ist zu einer Alpenrundfahrt bereit. Lachend steigen die Sommergäste ein.

Cornelia klappert mit ihrem Wägelchen vorbei und biegt zum Hoftor des Weidebauern ein.

Der große Hof liegt still da, denn der Großteil der Kühe ist auf der Alm. Nur drei Milchkühe stehen im Stall, die tagsüber auf die saftigen Wiesen des Bauern getrieben werden.

„Du machst ja ein fröhliches Gesicht", zwinkert der Hallgruber und nimmt sich die beiden Milchkannen vom Wagen. „Hast du schon früh so viele Freude gehabt?"

„Ich freue mich immer, wenn morgens die Sonne scheint und die Vögel singen. Da freuen Sie sich doch sicher auch, nicht wahr?"

Das muß der Hallgruber zugeben. Er füllt Cornelias Kannen mit Milch und stellt sie wieder auf den Wagen.

Da kommt der Seppl. Er ist barfuß. Sein Haar sieht nicht aus, als wäre es heute schon gekämmt worden, und seine Lederhose glänzt wie eine Speckschwarte.

„He, Cornelia!" ruft er. „Komm mal mit, ich will dir etwas zeigen", und er zieht sie zum Stall hinaus in den Garten.

Da sitzt sein Bruder, der Wastl, im Gras und streichelt die jungen Kaninchen, die sich vor ihm auf der Decke tummeln.

„Wie sind die groß geworden!" ruft Cornelia aus. „Sie waren doch vor einer Woche noch so klein", und ihre Hände versuchen die Größe anzugeben. „Ach, sind die süß! Ich finde, alle Tierkinder sind schön. Meint ihr nicht auch?"

60

„Das ist schon so", bestätigt der Wastl, und seine Finger streicheln weiter das seidige Tierfell. „Du darfst sie auch streicheln. Das ist so weich wie Bettfedern."

Cornelias Hände streichen sacht über die kleinen Körper.

„Du", sagt der Seppl und wechselt mit seinem Bruder einen Blick des Einverständnisses, „die Kaninchen gehören uns. Wir schenken dir eins, wenn du magst. Willst du eins haben?"

Das Mädchen ist überrascht. Es würde gern eines haben. Es müßte schön sein, so ein Tierchen aufwachsen zu sehen. Aber dann denkt es daran, daß es keinen Stall und keinen Platz hat, wo man es lassen könnte.

„Nein, es geht nicht", sagt sie bedauernd, „Frau Huber würde es nicht dulden. Ich sehe mir die Kaninchen lieber an, wenn ich zu euch komme."

„Toni könnte dir ja einen Stall bauen", meint der Seppl. „Aber vielleicht hast du recht. Frau Huber ist eine grantige Frau. Die mag das sicher nicht."

Cornelia hat schon immer die schönen Blumen im Gärtchen bewundert. Nun, nach Wastls und Seppls großzügigem Angebot, faßt sie den Mut, um ein paar zu bitten.

„Aber ja", lacht der Seppl, „wenn du weiter nichts willst. Du kannst Blumen haben, soviel du magst", und er läuft zum Zaun hin, an dem die Nelken, Rosen und Lilien im Morgenwind nicken.

Er pflückt Cornelia einen großen Strauß, und das Mädchen zieht selig vom Hallgruberhof davon.

Das wird der schönste Blumenstrauß, den sie Onkel Hans-Georg je hingestellt hat. Was wird er für Augen machen! Es ist schade, daß sie sein Gesicht nie sehen kann, wenn er die Blumen auf dem Tisch in seinem Zimmer stehen sieht. Er weiß ja bis heute noch nicht, wer der Spender ist.

So glaubt Cornelia. Dabei hat er die kleine Freundin längst durchschaut.

„Oh, die schönen Blumen", sagt die Köchin Martha, als sie die Milchkannen vom Wagen hebt. „Die hast du sicherlich vom Hallgruber."

„Ja, vom Seppl und vom Wastl."

„Da wird sich aber die Mutter freuen", meint Martha und lächelt.

Cornelia guckt ein bißchen verdutzt, aber sie sagt nichts.

Der Toni begegnet ihr auf der Treppe.

„Ist Herr Richter noch da, Toni?" fragt sie hastig.

„Nein, der ist schon fort", entgegnet Toni wahrheitsgemäß. „Er wollte mit Zöllners zum Zellersee."

„Fein", Cornelia läuft die Treppe hinauf.

„Komisch!" ruft ihr Toni hinterher. „Sonst bist du doch nicht so froh, wenn er fort ist. Da kenne sich einer aus!"

Cornelia lacht zurück. Sie läuft den Gang entlang zu Herrn Richters Zimmer. Der Schlüssel steckt von außen. Er ist also nicht da.

Sie schließt leise auf und schlüpft ins Zimmers. Sie nimmt die Wiesenblumen aus der Vase und legt sie auf die alte Zeitung, die im Papierkorb liegt. Dann ordnet sie den leuchtenden, duftenden Strauß Gartenblumen in der Vase mit frischem Wasser.

Wundervoll hebt sich das Gelb der Lilien aus dem vielfarbigen, samtenen Rot der Rosen und dem Rosa der Nelken. Das ganze Zimmer ist im Nu vom Duft erfüllt.

Da geht plötzlich die Tür auf! Herr Richter steht im Rahmen und bleibt überrascht stehen.

Cornelia ist erschrocken. Blässe und Röte wechseln auf ihrem Gesicht. Sie möchte sich am liebsten verkriechen.

Da schließt er die Tür und tritt lachend näher. „Soso", meint er, „jetzt weiß ich also, wer die ganze Zeit über die kleine Blumenspenderin war. Es war weder Martha noch Anna oder Resi. Cornelia war es! Ich hatte es mir doch gleich gedacht. Wie lieb von dir!"

Er legt den Arm um Cornelias Schulter und drückt sie an sich.

„Und wie schön die Blumen sind! Du wirst doch für mich keinen Garten geplündert haben?"

Da muß sie lachen. „Nein, der Wastl und der Seppl Hallgruber haben mir die Blumen heute früh geschenkt. Ach, Onkel Hans-Georg, ich bin enttäuscht, daß du mich nun doch erwischt hast. Toni sagte, du seiest mit Zöllners am Zellersee."

„Da wollten wir auch hin, aber Anita fühlte sich nicht wohl, und so haben wir die Fahrt verschoben. Ohne das Mädchen wollten Zöllners auch nicht fahren. Du siehst, wie gut es war. Nun kann ich mich wenigstens für deine Blumengrüße bedanken."

„Jetzt weiß ich aber nicht mehr, womit ich dir eine Freude machen soll", bedauert sie und seufzt.

Nun überlegt auch Herr Richter, womit er wohl Cornelia erfreuen könnte. Er hat es bisher vermieden, ihr Geschenke zu machen, um sie nicht in Verlegenheit zu bringen. Cornelia hätte ihm auch sicherlich nicht ihre Wünsche verraten. Aber was wäre wohl natürlicher, als daß Cornelia mit Anita über ihre geheimen Wünsche gesprochen hätte? Kinder offenbaren sich gegenseitig schneller.

So sucht Hans-Georg Richter am Nachmittag Anita auf. Sie liegt im Liegestuhl auf der Wiese hinter dem Hotel, liest in einem Buch und sieht überrascht auf, als Herr Richter zu ihr tritt.

„Anita, störe ich dich?" fragt er freundlich. „Ich hätte gern einen Augenblick mit dir gesprochen."

„Sie stören mich gar nicht, Herr Richter." Das Mädchen mag den netten Gast gern. „Bitte, setzen Sie sich doch zu mir. Ich will Ihnen gern Auskunft geben — wenn ich kann."

„Du kannst es bestimmt, Anita", meint er, und dann spricht er davon, daß er Cornelia eine Freude machen möchte und was er ihr wohl schenken könne.

Anita denkt nach. „Cornelia sagte mir neulich, daß sie sich eine Handtasche zum Geburtstag wünscht", erinnert sie sich, „mit einem Spiegel darin und einer Geldtasche."

„Das ist ja großartig", sagt er erfreut. „Wann hat denn Cornelia Geburtstag?"

„Am achtundzwanzigsten August."

„Da bin ich sicherlich nicht mehr hier." Herr Richter wird nachdenklich. „Es dauert mir auch zu lange bis dahin. Man kann ja einem Menschen auch zwischendurch mal ein Geschenk machen, meinst du nicht? So einfach aus Freude, nicht wahr?"

„Aber natürlich, Herr Richter. Cornelia wird sich bestimmt darüber freuen."

„Ich habe einen Katalog im Wagen", sagt er rasch. „Du könntest mir etwas für Cornelia heraussuchen. Einen Augenblick, ich bin gleich wieder da."

Mit seinem Kugelschreiber macht er den Firmenaufdruck auf dem Katalog unkenntlich, dann geht er wieder zu Anita zurück.

Das Mädchen stößt einen überraschten Ruf aus beim Anblick der schönen Modelle an Handtaschen, Koffern und Lederwaren, die der Spezialkatalog anbietet.

Mit dem sicheren Blick des jungen Mädchens hat sie sogleich eine hübsche, weiße Lederhandtasche herausgesucht.

„Die gefällt dir, Anita?" fragt Herr Richter.

„O ja, sie ist wunderschön. Bestimmt gefällt sie auch Cornelia."

„Sieh dir ruhig die anderen Modelle noch einmal an. Vielleicht findest du noch etwas Schöneres. Du sollst nicht nach dem Preis sehen. Der spielt keine Rolle", setzt er lächelnd hinzu.

Aber Anita bleibt bei der weißen Tasche. Herr Richter weiß, daß sie gut gewählt hat, denn diese Tasche ist in der Tat eines der schönsten Modelle.

„Ich bitte dich noch, Cornelia nichts zu verraten", sagt er leise. „Ich möchte sie damit überraschen."

„Sie können sich auf mich verlassen", verspricht das Mädchen, „ich sage nichts."

Nein, Cornelia ahnt nicht, was dort unten auf der Wiese besprochen wird. Aber sie sieht von der Terrasse aus Herrn Richter bei Anita sitzen. Cornelia ist gerade dabei, einem Gast Kaffee zu servieren, als ihr Blick auf die Liegewiese fällt.

Herr Richter unterhält sich angeregt mit Anita. Er zeigt ihr etwas in einem Heft. Dann lachen sie miteinander, und zuletzt reicht Herr Richter Anita die Hand.

Cornelia weiß nicht, daß sich Herr Richter für Anitas Ratschlag bedankt. Sie sieht nur die Gesichter der beiden, und zum erstenmal regt sich in ihrem Herzen ein klein wenig Eifersucht. Sie ist enttäuscht und traurig und kommt sich plötzlich einsam und verlassen vor. Herr Richter, ihr bester und einziger Freund, scheint sie zu vergessen. Es sieht aus, als habe er sich nun Anita zugewandt.

Nun ja, Anita ist älter und sicherlich auch vernünftiger und klüger als das kleine Mädchen, das in der „Alpenrose" wie ein Hausmädchen mitarbeitet.

Cornelia unterdrückt die Tränen, die in ihr aufsteigen.

„Ich möchte noch eine Tasse Kaffee, Cornelia!" ruft der Gast vom Nebentisch schon zum drittenmal.

„Ja, entschuldigen Sie." Sie wendet sich ab und läuft in das Haus.

Sie bringt den bestellten Kaffee und bittet dann die Mutter, in ihr Zimmer hinaufgehen zu dürfen.

„Was hast du, Kind?" fragt Frau Therese bestürzt. „Du siehst ja ganz blaß aus."

„Nichts, Mutti. Ich will mich nur mal hinsetzen. Ich komme gleich wieder."

Als Cornelia nach einer halben Stunde noch nicht wiedergekommen ist, geht die Mutter hinauf und öffnet die Zimmertür. Cornelia liegt auf dem Bett und weint.

„Aber Kind!" Die Mutter nimmt sie in die Arme. „Nun sage mir erst mal, was du hast! Es wird dir leichter, wenn du dich nicht mehr allein damit herumzuschleppen brauchst."

Da bricht es aus Cornelia heraus: Schmerz, Enttäuschung und Zweifel sprechen aus ihren Worten, die sich fast überstürzen. Dazwischen schluchzt sie, und die Tränen wollen kein Ende nehmen.

Die Mutter lächelt. „Ich glaube, du siehst das nicht richtig, Cornelia", sagt sie dann. „Herr Richter ist ein freundlicher und höflicher Mensch. Er kann nicht nur zu dir allein freundlich und nett sein. Er ist es auch zu anderen Leuten. Warum sollte er es nicht auch zu Anita sein? Anita ist ein liebes Mädel. Wir alle begegnen ihr ja freundlich, und das tut Herr Richter auch. Was ist dabei?"

„Aber nicht so freundlich!" ruft sie leidenschaftlich. „Er war so nett zu ihr! Ob er auch mit Anita Freundschaft geschlossen hat?"

„Ich weiß es nicht, aber warum sollte er es nicht tun? Er hat Kinder eben gern. Sicherlich denkt er noch immer an seine kleine Monika, und er sieht in jedem netten Mädchen sein eigenes Kind. Das kannst du ihm doch nicht verbieten. Ich glaube, du bist ganz einfach eifersüchtig!"

Cornelia schüttelt den Kopf.

„Doch, das bist du! Eifersucht ist eine sehr häßliche Eigenschaft, Kind."

„Ich habe Onkel Hans-Georg eben lieb, Mutti. Das weiß er doch. Warum ist er dann so freundlich zu Anita? Zu Resi ist er das doch auch nicht."

„Er ist auch zu Resi freundlich", meint Frau Therese, „aber diese Freundlichkeit hat ein wenig Spott an sich. Er neckt sie gern, weil er sie durchschaut hat."

„Aber zu Anita ist er ganz anders. Fast so wie zu mir. Ich mag das nicht."

„Mit deiner Eifersucht beweist du aber nicht, daß du ihn lieb hast. Du zeigst eher, daß du ihm mißtraust . . ."

„Das tue ich doch gar nicht!"

„Doch, es ist am besten, du fragst ihn, was er mit Anita besprochen hat. Aber ein besonders guter Rat ist das auch nicht. Er wird gekränkt sein, wenn er merkt, daß du mißtrauisch bist."

„Ach, Mutti, ich bin so unglücklich", schluchzt das Mädchen.

„Das sehe ich nicht ein." Frau Therese lächelt. „Du hast keinen Grund dazu. Sieh, in einigen Wochen fährt Herr Richter sowieso wieder nach Hause, und auch Anita verläßt mit ihren Eltern Waldach. Dann wirst du über deinen Kummer lachen."

„Das werde ich nie, Mutti. Onkel Hans-Georg ist mein Freund. Er hat es selber gesagt."

„Wein dich aus", sagt die Mutter. „Ich muß wieder zu den Gästen. Ich kann dir nur sagen, daß du dich irrst. Herr Richter hat nichts getan, worüber du gekränkt sein könntest."

Aber Cornelia sieht das nicht ein. Sie verläßt an diesem Tag ihr Mansardenstübchen nicht mehr. Niemand soll ihr verweintes Gesicht sehen und Herr Richter schon gar nicht.

Die Mutter entschuldigt ihr Mädchen mit Kopfschmerzen und bringt Cornelia das Abendessen aufs Zimmer.

Cornelia ist es lieb, daß Frau Huber am nächsten Morgen Resi zum Servieren des Frühstücks heranzieht. So braucht sie Herrn Richter nicht zu bedienen. Sie hilft Anna bei der Wäsche und trägt auch mit ihr den Korb zum Boden hinauf.

Als ihr Hans-Georg Richter auf der Treppe begegnet, grüßt sie ihn nur kurz und geht an ihm vorbei.

„Aber Cornelia!" ruft er verwundert. Doch sie dreht sich nicht um und geht weiter.

Später erwischt er sie doch allein im Gang und vertritt ihr den Weg.

„Was hast du, Kind?" fragt er besorgt. „War Resi wieder ungerecht zu dir? Oder war es Frau Huber?"

Um Cornelias Mundwinkel zuckt es verräterisch. „Nein, die haben mir nichts getan", sagt sie kurz und weicht seinem forschenden Blick aus. „Laß mich vorbei! Ich habe keine Zeit."

„Warum bist du heute so unfreundlich? Das bin ich von dir nicht gewohnt. Hast du Kummer?"

„Kummer? Der ist schon fast wieder vorbei. Ich bin nur noch ein wenig enttäuscht."

„Enttäuscht? Von wem? Willst du es mir nicht sagen?"

„Nein. Aber ich habe jetzt wirklich keine Zeit mehr. Anna wartet auf mich."

Er ist so überrascht von ihren Worten, daß er zur Seite tritt und sie vorbei läßt.

Sie läuft an ihm vorbei, ohne sich, wie sonst, nach ihm umzusehen. Verwundert sieht er ihr nach.

Hat er sie gekränkt? Und womit? Er kann sich nicht entsinnen. Aber er ist nun fest entschlossen, sie zu fragen, wenn er sie wieder sieht.

Doch Cornelia weicht ihm auch in den nächsten Tagen aus, wo sie nur kann.

Da fragt er Frau Therese.

„Es sind Kinderlaunen", erwidert sie, „nehmen Sie das bitte nicht so ernst, Herr Richter. In ein paar Tagen ist es vergessen."

„Kinderlaunen?" Er schüttelt verwundert den Kopf. Sie passen so gar nicht zu der freundlichen, immer frohen Cornelia. Ihr Kummer muß tiefer sitzen!

Da bringt eines Morgens der Postbote ein Eilpäckchen für Herrn Richter. Frau Huber nimmt es in Empfang.

„Bring es nach Zimmer 7", sagt sie zu Cornelia.

Die erschrickt. „Kann das nicht Resi tun, Frau Huber?" fragt sie hastig. „Ich wollte gerade Toni helfen."

Frau Huber sieht Cornelia unwillig an. „Was ist denn mit dir? Du hast doch bisher alles getan, was man dir sagte. Resi hilft in der Küche. Du trägst also das Päckchen auf Zimmer 7. Verstanden?"

„Ja, Frau Huber", entgegnet Cornelia kleinlaut, nimmt das Päckchen und steigt die Treppe zum ersten Stock hinauf.

Auf ihr Klopfen öffnet Hans-Georg Richter die Tür. Er hat auf dem Balkon gestanden und dem Gesang der Vögel zugehört.

„Oh, Cornelia!" ruft er erfreut. „Komm nur herein . . .!"

„Ich möchte das Päckchen abgeben", sagt sie nach leisem Gruß, „der Briefträger hat es eben gebracht."

„Ich möchte dich aber trotzdem bitten, einen Augenblick herein-
zukommen", beharrt er und zieht das Mädchen ins Zimmer.

„Da sieh, wie schön deine Blumen noch blühen! Kaum eine ist
verwelkt." Dann setzt er sich auf den Stuhl, zieht sie zu sich heran und
fragt eindringlich: „Cornelia, ich weiß doch, daß du Kummer hast.
Willst du ihn mir nicht sagen? Wir zwei haben doch Freundschaft
geschlossen, und gute Freunde sagen einander, was sie bedrückt, damit
der andere helfen kann. Aber ich glaube, du hast kein Vertrauen zu
mir, denn sonst wärst du mit deinem Kummer zu mir gekommen."

Cornelia will ihm ihre Hände entziehen, aber er hält sie fest.

„Du bist kein richtiger Freund", sagt sie trotzig. „Ich habe mich so
in dir getäuscht."

Hans-Georg Richter ist überrascht. „Das mußt du mir näher er-
klären. Ich bin mir nämlich keiner Schuld bewußt."

„Nun verstellst du dich auch noch." Tränen schießen Cornelia in
die Augen. „Ich habe doch genau gesehen, wie du vor ein paar Tagen
mit Anita geredet hast. Es war unten auf der Wiese, und ich war auf
der Terrasse. So freundlich warst du zu mir noch nie!"

Er denkt nach und entsinnt sich, daß das der Augenblick war, da er Anita bat, ihm Cornelias Wünsche zu verraten.

Er muß nun doch ein wenig lächeln, als er sagt: „Ja, ich habe mit Anita gesprochen, aber ich war nicht freundlicher zu ihr als sonst. Ich will dir auch sagen, was ich mit ihr besprach. Doch zuerst wollen wir gemeinsam das Päckchen auspacken."

Sie sieht ihn fragend und unsicher an, als er die Schnur löst und das Papier zurückschlägt.

Da liegen, in Seidenpapier, zwei wunderschöne weiße Handtaschen.

„Darum ging es, Cornelia! Ich hatte Anita gefragt, was du dir wünschst, denn ich wollte dir auch gern eine Freude machen. Und wir zwei beratschlagten nach dem Katalog. Schließlich suchten wir diese Tasche aus. Eine ist für dich, die andere für Anita!"

Cornelia wird rot vor Scham und Verlegenheit. Wie sehr hat sie Herrn Richter doch Unrecht getan, wie sehr!

Unsicher sieht sie zu ihm auf. Aber er lächelt.

„Nun, gefällt sie dir?"

„Oh, sie ist herrlich", flüstert Cornelia, „und du willst sie mir wirklich schenken?"

„Gewiß, sie gehört dir. Ich habe mich immer so sehr über deine Blumen gefreut. Nun sollst du dich auch einmal freuen."

„Und du bist mir nicht böse, Onkel Hans-Georg?" fragt sie zaghaft.

„Aber nein!" lächelt er. „Ich habe dich viel zu gern, um dir böse zu sein."

Da fällt sie ihm mit einem Jubelruf um den Hals.

„So, nun bist du wieder die kleine, frohe Cornelia, nicht wahr? Vorbei sind der Kummer und alle dummen Gedanken! Jetzt will ich dich wieder lachen sehen."

Sie nickt selig. Dann nimmt sie vorsichtig die Tasche und betrachtet sie staunend. „Wo hast du sie nur her, Onkel Hans-Georg?" fragt sie. „Sie war sicherlich sehr teuer?"

„Nein, gar nicht, Cornelia. Weißt du, ich habe nämlich zu Hause ein kleines Lederwarengeschäft. Ich habe geschrieben, und die Verkäuferin hat sie mir geschickt. Das war alles!"

Sie merkt in ihrer Freude nicht, daß er sie ein bißchen angelogen hat. Sein „kleines Lederwarengeschäft" ist eine der größten Lederwarenfabriken in Offenbach. Aber er will das ja niemand sagen. Er will einmal nichts weiter sein als ein Sommergast unter vielen. Und Frau Therese und Cornelia sollen auf keinen Fall erfahren, wie wohlhabend er ist.

„Ich danke dir, Onkel Hans-Georg", lacht Cornelia glücklich. „Du hast mir wirklich einen großen Wunsch erfüllt."

„Der Dank gehört eigentlich Anita", zwinkert er, „denn sie hat die Tasche für dich ausgesucht."

„Ich bedanke mich auch noch bei ihr", verspricht sie, und ihre Augen strahlen ihn an.

6. Spaziergang am Abend

Anitas Freude ist ebenso groß und echt, wie die Cornelias, als Hans-Georg Richter ihr die Tasche überreicht. Sie hat wirklich nicht daran gedacht, daß er auch ihr ein solches Geschenk machen könnte.

Cornelia und Anita sprechen darüber, als sie beim Spiel auf der Terrasse sitzen. Sie wissen nicht, daß Line über ihnen am Fenster steht, um die Rahmen zu putzen.

Line ärgert sich über das Gespräch der Kinder. Sie ärgert sich über alles, was mit Cornelia und Frau Therese zusammenhängt. Am meisten kränkt es sie, daß die beiden Neuankömmlinge bei allen Gästen beliebt sind und daß man Frau Therese behandelt, als sei sie kein Hausmädchen, sondern eine Dame. Line sucht immer Streit, um ihren Unmut kundzutun, aber Frau Therese biegt ihn mit gelassenen Worten ab, so daß Line nichts anderes übrigbleibt, als zu schweigen.

Jetzt ärgert sich Line wieder. Wie kommt ein Gast dazu, der Tochter des Hausmädchens Geschenke zu machen?

„Ich finde es einfach ungehörig", sagt sie aufgebracht zu Frau Therese, als sie am Morgen die Zimmer in Ordnung bringen. „Cornelia drängt sich den Gästen förmlich auf."

„Sie wissen genau, Line, daß das nicht wahr ist", sagt Frau Moosbacher ruhig, „Cornelia drängt sich niemand auf. Sie schmeichelt auch niemandem. Sie ist nur höflich und anständig zu den Gästen, wie es sich gehört."

„Hat sie nicht eine Handtasche von Herrn Richter bekommen?" Lines Stimme klingt lauernd und böse.

72

„Ja, das hat sie. Aber sie hat nicht darum gebeten. Herr Richter hat sie ihr aus freien Stücken geschenkt. Sie müssen es den Gästen schon selber überlassen, was sie tun. Auch ich wußte vorher nichts davon. Aber ich finde es sehr nett von Herrn Richter."

„Pah, es wird ihm nichts anderes übriggeblieben sein, als sie ihn angebettelt hat . . ."

„Line, wenn Sie glauben, alles so genau zu wissen, dann wird Ihnen sicherlich nicht entgangen sein, daß auch Anita Zöllner eine Handtasche von dem Gast bekommen hat. Hat Anita ihn auch darum angebettelt?"

Darauf weiß Line nichts zu sagen. Sie fühlt sich in die Enge getrieben und beißt sich ärgerlich auf die Lippen. Aber dann trumpft sie wieder auf. „Frau Huber hat Cornelia verboten, mit den Gästen zu reden. Sie tut es aber immer wieder, und mit Herrn Richter duzt sie sich sogar. Ich werde das Frau Huber melden. Ich finde das alles ungehörig."

„Solange Herr Richter nichts einzuwenden hat, wenn Cornelia ihm freundschaftlich begegnet, kann es auch Frau Huber nicht stören. Ich will Sie aber nicht davon abhalten, es zu melden, Line. Ihre Streitereien mit mir haben dann wenigstens e i n e n Erfolg gehabt."

Frau Thereses ruhige Art ärgert Line. Sie fühlt, daß sie gegen die „Neue" nicht ankommen kann.

Aber so ruhig, wie es scheint, ist Frau Therese gar nicht. Es schmerzt sie, daß Line immer wieder ohne Anlaß Streit mit ihr sucht. Meist geht es um Nichtigkeiten, oft aber um Cornelia, weil Line weiß, daß sie damit Frau Therese kränken kann.

Frau Therese beschließt, Cornelia zu bitten, etwas vorsichtiger zu sein, wenn sie mit oder von Herrn Richter spricht.

Line sagt nichts mehr, aber Mißmut und Unwillen stehen deutlich in ihrem Gesicht.

Frau Huber kommt mit Cornelia zum zweiten Stock herauf. Sie ist geschäftig wie immer, und ihre Augen erfassen alles, was um sie herum vorgeht.

„Line", sagt sie, „Frau van Haag fühlt sich nicht wohl. Ich habe ihr gesagt, sie soll liegen bleiben. Wir werden uns um sie kümmern. Übernimm du das! Du betreust sie heute den Tag über und leistest ihr auch ein bißchen Gesellschaft."

„Ich?" Line sieht bestürzt auf. „Nein, das kann ich nicht. Ich bin keine Krankenpflegerin. Ich habe auch noch in den Zimmern zu tun."

„Das können Anna und Therese machen. Du tust, was ich dir gesagt habe . . ."

„Frau Huber, es eignet sich nicht jeder zur Krankenpflege", wirft Frau Therese ein. „Wenn es Ihnen recht ist, will ich mich gern um Frau van Haag kümmern. Ich kenne mich da ein bißchen aus."

„Also gut", meint sie dann, „sehen Sie nach der Holländerin. Ernstlich krank ist sie bestimmt nicht. Ich denke, sie ist morgen wieder wohlauf. Sorgen Sie zuerst für ihr Frühstück!"

„Das kann ich machen", sagt Cornelia rasch, „ich kann mich auch um sie kümmern. Ich tue das sehr gern."

Frau Huber nickt: „Dann bring ihr das Frühstück ins Zimmer!"

Cornelia springt die Treppe hinunter. Bald kommt sie mit dem Frühstückstablett. Sie klopft an Zimmer 3 und tritt ein.

Die Holländerin liegt im Bett. Sie sieht ein bißchen blaß aus, aber ihre Augen sind so lebhaft wie immer.

„Ah, guten Morgen, Cornelia!" ruft sie erfreut, als das Mädchen grüßt. „Komm, tritt näher! So krank bin ich ja nicht. Ich freue mich, daß du dich um mich kümmern willst. Es ist manchmal doch ein wenig langweilig in den Ferien."

„Ich kann Ihnen den ganzen Tag über Gesellschaft leisten, wenn es Ihnen nicht zuviel wird."

„O nein, es wird mir bestimmt nicht zuviel. Ich mag dich gern. Es ist nett, daß du zu mir gekommen bist."

Cornelia errötet über das Lob. Sie gießt Milch und Kaffee in die Tasse, bestreicht das Brötchen mit Butter und klopft das Ei auf. Dann stellt sie das Kopfkissen hoch, hilft Frau van Haag beim Aufsitzen und rückt ihr das Tablett aufs Bett.

„Wie schön du das kannst!" ruft Frau van Haag erfreut. „Da macht es beinahe Spaß, einmal krank zu sein. Bleibst du noch ein wenig hier?"

„Gern. Vielleicht kann ich gleich das Zimmer ein wenig aufräumen? Ich hole nur schnell den Eimer und den Bohnerbesen."

Die Holländerin nickt, und Cornelia läuft aus dem Zimmer.

„Halt, kleines Fräulein!" ruft eine Stimme, als sie den Gang entlangeilen will.

74

Hinter dem großen Gummibaum tritt ein junger Mann hervor.

„Ach, Sie sind es", Cornelia atmet erleichtert auf. „Sie haben mich richtig erschreckt. Warum spielen Sie denn hier Versteck? Suchen Sie wieder Line?"

„Du hast es erraten. Wo ist sie? Es ist am besten, ich gehe gleich in ihr Zimmer hinauf."

„Das hat sie sicherlich abgeschlossen. Gehen Sie nur einen Stock höher — da ist sie. Sie hilft beim Zimmeraufräumen. Ich habe keine Zeit."

„Hier hat niemand Zeit", lacht er. „Also, vielen Dank! Bis dann!"

Cornelia schüttelt den Kopf, als sie ihn leichtfüßig die Treppe hinaufeilen sieht. Ein komischer Kauz ist das — wahrhaftig!

Line ist erschrocken, als sie Franz plötzlich die Treppe heraufkommen sieht.

Frau Therese ist gerade auf dem Balkon. So bemerkt sie nicht, wie Line Franz zuwinkt und mit ihm in ihr Zimmer geht.

„Was willst du denn wieder?" fragt sie ärgerlich, als sie die Tür hinter sich geschlossen hat. „Du hast mir doch versprochen, nicht mehr hierherzukommen."

„Line, das Geld ist alle", sagt er zerknirscht, und sein keckes Jungengesicht sieht ehrlich betrübt aus. „Es war auch recht wenig, das mußt du zugeben."

„Franz, ich habe nichts mehr", Line ist verzweifelt. „Du hättest damit auskommen müssen. Hast du dir ein Zimmer gesucht, damit du wenigstens ein Dach über dem Kopf hast?"

„Das habe ich, Line. Aber ich konnte es nicht mehr bezahlen. Da hat mir die Wirtin gekündigt. Wo soll ich nun hin? Du mußt mir helfen! Ich habe ja nur dich."

„Das kannst du sagen", seufzt sie. „Aber selber tust du nichts, um wieder auf die Beine zu kommen. Wo soll ich das Geld hernehmen, wie? Du bist und bleibst ein Tunichtgut!"

„Aber Line, sei doch nicht so hart", bettelt er. „Du mußt doch noch Geld haben. Du hast sicherlich ein Sparkassenbuch, nicht wahr? Und Trinkgelder bekommst du doch auch genug. Ich weiß, wie es in einem Hotel zugeht."

„Ich habe nicht für dich gespart", zürnt Line. „Ich denke nicht daran, dir mein letztes Geld zu geben. Du verstehst doch nicht, damit umzugehen."

„Doch Line — ich verspreche dir, daß ich dann nicht wieder zu dir komme, wenn du mir noch einmal hilfst. Nur ein einziges Mal noch, Line!"

Aber diesmal bleibt die Schwester hart. „Nein, nicht noch ein einziges Mal! Versuche jetzt selber durchzukommen! Kümmere dich um eine ehrliche Arbeit, dann hast du auch Geld. Und nun geh! Ich habe keine Zeit. Therese wird sich ohnehin wundern, daß ich so lange wegbleibe. Geh und komme nicht wieder!"

Sein Bitten hilft nichts. Line hält ihm die Tür auf, und er trottet niedergeschlagen hinaus.

Sie ist froh, daß er geht, und denkt, daß es doch richtig war, ihm kein Geld zu geben. Er muß es lernen, daß das Leben ernste Arbeit und ständiger Kampf ist und daß man mit dem Gelde gewissenhaft rechnen muß. Sie muß es ja auch!

Cornelia begegnet Franz noch einmal auf der Treppe, und als er so traurig an ihr vorbeigeht, kichert sie vor sich hin. Line wird ihn nicht besonders nett behandelt haben. Aber wen behandelt Line schon nett?

Während die Holländerin in ihrem Bett frühstückt, räumt Cornelia das Zimmer auf. Sie hängt die Kleider, die umherliegen, in den Schrank. Sie putzt das Waschbecken, gibt den Blumen frisches Wasser und bohnert den Fußboden.

Auf dem Tisch liegt eine goldene Uhr. Eine schöne Brosche mit leuchtend rotem Stein fällt Cornelia entgegen, als sie eine zusammengefaltete Zeitung vom Fensterbrett nehmen will.

„Oh, wie das strahlt und blitzt", sagt sie und hält den Stein gegen das hereinfallende Sonnenlicht. „Es tun einem dabei fast die Augen weh."

„Es ist mein schönster Rubin", meint Frau van Haag gleichmütig, „ja, er ist schön. Ich habe die Nadel gestern abend dort abgelegt. Tu sie in das Kästchen im Schrank! Nein, auf der linken Seite!"

Cornelia legt die Brosche vorsichtig zwischen die weiße Watte im Kästchen und schließt die Schranktür.

Wie reich muß diese Frau sein, daß es ihr nichts ausmacht, wenn der wertvolle Schmuck achtlos umherliegt!

„Ich putze noch rasch Ihre Schuhe, Frau van Haag", sagt sie, „dann ist alles wieder in Ordnung." Und sie nimmt die hellen und die braunen Schuhe auf und geht damit die Treppe hinunter.

76

Xaver steht im Keller und repariert das Kofferschloß eines Gastes.

„Na, sehe ich dich auch mal wieder", meint er, „du bist ja eine ganz fleißige Arbeiterin. Was hast du denn da für Schuhe? Das sind doch nicht deine?"

„Sie gehören Frau van Haag. Sie konnte sie heute früh nicht vors Zimmer stellen, weil ihr nicht gut war."

„Schuhputzen ist aber meine Arbeit! Das ist nichts für dich, Kind."

„Dabei fällt mir bestimmt keine Perle aus der Krone. Ich mache das gern. Zu Hause putze ich Muttis Schuhe auch immer."

„Wie du meinst. Sie ist eine großzügige Frau, die Frau van Haag, wie?"

„O ja. Mit Mutti spricht sie so, als sei Mutti auch ein Gast, und das finde ich nett. Dabei ist sie so reich. Ach, Xaver, es muß doch schön sein, wenn man so reich ist!"

„Meinst du? Na, ich weiß nicht." Xaver schüttelt nachdenklich den Kopf. „Ich bin zufrieden mit dem, was ich habe. Reichtum macht auch nicht glücklich."

„Ja, das meint Mutti auch", gibt Cornelia zu, „aber ich möchte doch einmal viel Geld haben. Weißt du, Xaver, dann brauchte Mutti nicht arbeiten zu gehen, und ich könnte lernen. Ich möchte gern einmal Lehrerin werden. Ich würde auch anderen Menschen eine Freude machen, wenn ich viel Geld hätte. Denke nur nicht, daß ich alles für mich allein verbrauchen würde."

Xaver lacht. Er nimmt Cornelias Träume vom Reichtum nicht ernst. Welches Kind und welcher Mensch träumt sie nicht?

„Freue dich, daß du gesund bist", meint er, „und daß du eine so liebe Mutti hast! Ist das nicht schon Glück genug?"

„Doch, Xaver, das ist es", entgegnet Cornelia froh, nimmt die fertig geputzten Schuhe und springt wieder die Kellertreppe hinauf.

Sie läuft Hans-Georg Richter in die Arme.

„Kleines Fräulein Wirbelwind", lacht er, „du bist überall und nirgends! Bist du nun sogar unter die Schuhputzer gegangen? Hör zu, heute abend machen wir einen Abendspaziergang zu dritt, ja?"

Ihre Augen leuchten auf, aber dann sagt sie traurig: „Das geht nicht. Ich habe bei Frau van Haag Krankenwache."

„Ach was, so krank ist sie nicht. Und dann sind auch noch Line und Anna da. Der Abend gehört uns!"

„Aber Frau Huber wird es nicht dulden", wendet das Mädchen ein.

„Die fragen wir nicht", zwinkert Herr Richter. „Diesmal fragen wir Herrn Huber, und der hat bestimmt nichts dagegen, paß auf! Na, freust du dich nun?"

Sie nickt glücklich. Herr Huber ist gut. Er wird der Mutter und ihr zu einem Abendspaziergang Urlaub geben, zumal wenn ihn Hans-Georg Richter danach fragt.

„Da ist mir doch vorhin wieder der junge Mann begegnet, der schon neulich bei Line war", meint Herr Richter, „hast du ihn auch gesehen?"

„Ja", lacht sie und erzählt ihm ihre Begegnung mit ihm. „Du hättest ihn sehen sollen, als er die Treppe herunterkam. Du, Onkel Hans-Georg, Line hat sich bestimmt mit ihm verkracht."

„Das glaube ich auch", zwinkert er, und dann lachen sie beide.

„Nun lauf", meint er dann. „Sonst wird deine Holländerin ungeduldig. Servierst du heute mittag bei Tisch?"

Sie ist schon auf der Treppe. „Wahrscheinlich", ruft sie zurück, winkt ihm zu und läuft weiter.

Die Mutter ruft sie zu sich, als sie ins obere Stockwerk kommt. Line ist im Keller, und so hat Frau Therese Gelegenheit, ein paar unbelauschte Worte mit ihrem Mädchen zu sprechen.

„Kind, ich möchte dich bitten, etwas vorsichtiger mit Herrn Richter umzugehen", flüstert sie. „Du weißt, Frau Huber mag es nun einmal nicht, wenn wir uns mehr als nötig mit den Gästen unterhalten. Line ist uns nicht gut gesinnt und sucht nach jeder Möglichkeit, um uns bei Frau Huber in ein ungünstiges Licht zu stellen. Sie will Frau Huber sagen, daß du dich bei Herrn Richter aufdrängst."

Cornelias Augen werden dunkel vor Zorn. „Glaubst du, daß ich mich aufdränge, Mutti?" fragt sie heftig.

„Das tust du natürlich nicht, Kind. Aber Line sieht es so, und es kränkt sie, daß wir beide bei den Gästen gern gesehen sind. Lines Art ist eben kurz und ein wenig barsch, und das mögen die Gäste nicht. Daher beachten die Leute sie so wenig. Line will es nicht einsehen, daß sie selber daran schuld ist. Sie sieht nur, wie die Gäste uns behandeln, und sie ist böse. Halte dich also von Herrn Richter ein bißchen fern, wenn Line in der Nähe ist!"

„Ich kann ihn doch nicht Lines wegen einfach stehenlassen, wenn er mich anspricht. Ich freue mich immer, wenn ich ihn sehe. Ich weiß, du magst ihn auch gern, nicht wahr?"

Die Mutter blickt über Cornelia hinweg.

„Gewiß", sagt sie dann, „er ist ein netter, höflicher und bescheidener Gast. Er hat keine Launen und kommandiert nicht das Personal herum. Er ist wirklich ein angenehmer Mensch."

„Laß doch Line und Frau Huber reden", sagt Cornelia. „Sie mögen uns eben beide nicht. Da ist es doch ganz gleich, ob wir mit Herrn Richter sprechen oder nicht. Er ist wirklich ein richtiger Freund."

Frau Therese lächelt ein bißchen schmerzlich. Eines Tages wird es doch einen Abschied geben müssen. Der Gast von Nummer 7 wird für Cornelia nur ein schönes Ferienerlebnis gewesen sein. Aber daran scheint das Mädel nicht zu denken.

„Geh jetzt", sagt Frau Therese leise. „Frau van Haag wird schon auf dich warten. Auch Line wird gleich wiederkommen. Sie braucht nicht zu hören, wovon wir sprechen."

Cornelia nickt. Den ganzen Tag über leistet sie der Holländerin Gesellschaft. Frau van Haag fühlt sich am Abend bereits wieder so wohl, daß es ihr nichts ausmacht, als Cornelia sich von ihr zu dem versprochenen Spaziergang mit Herrn Richter und der Mutter verabschiedet.

„Viel Spaß!" ruft sie dem Mädel nach. „Und grüße Herrn Richter schön. Er ist ein so netter Mensch."

Weniger erfreut von Frau Thereses Ausgang ist Frau Huber. Es gefällt ihr nicht, wenn das Personal das Hotel verläßt. Es gibt immer und überall genug zu tun. Außerdem geht Frau Therese noch mit einem Gast aus! Das ist noch nicht dagewesen!

„Du hättest Herrn Richter begreiflich machen müssen, daß Therese ein Hausmädchen ist und kein Gast, mit dem man sich sehen lassen kann", sagt sie zu ihrem Mann.

„Aber Berta", Herr Huber schüttelt gemütlich den Kopf, „Therese ist eine kluge Frau. Sie kann sich durchaus mit Herrn Richter messen. Er kam zu mir und bat um Erlaubnis für Therese. Warum sollte ich das abschlagen? Therese ist eine fleißige Hilfe. Ich bin zufrieden mit ihr. Im übrigen hat sie den Ausgang, der ihr gesetzlich zusteht, noch nie ausgenutzt. Immer war sie zur Hand, wenn es Arbeit gab. Sie hat sich den kleinen Spaziergang mehr als verdient."

„Das meine ich auch", stimmt Toni bei. „Therese und Cornelia kommen ja vor lauter Arbeit kaum an die Luft. Herr Richter würde es gar nicht verstanden haben, wenn ihr Therese den Ausgang verweigert hättet. Gönnt ihr doch auch mal etwas!"

„Misch dich nicht ein, Toni! Du bist noch ein Bub", sagt Frau Berta ärgerlich. „Das ist nicht so einfach heute mit dem Personal."

„Und immer muß Cornelia dabeisein", murrt nun auch Resi. „Line beschwert sich auch schon darüber. Cornelia schmeichelt sich bei den Gästen ein, besonders bei Herrn Richter, und Herr Richter merkt es nicht. Er würde sich sehr wundern, wenn er wüßte, wie sie wirklich ist."

„Wie ist sie denn wirklich?" fragt Toni aufgebracht. „Sie ist viel netter als du, viel freundlicher! Du ärgerst dich ja nur, weil dich niemand leiden mag."

„Geh, Toni! So redet man nicht mit seiner Schwester", tadelt Herr Huber, „und Resi, du sagst nichts gegen Cornelia! Das Mädel ist ein liebes Ding. Du könntest dir ein Beispiel an ihr nehmen. Sie hilft hier so viel mit und brauchte es gar nicht, denn nur ihre Mutter ist bei uns als Hausmädchen tätig. Schluß jetzt! Ich werde in Zukunft dafür sorgen, daß Therese ihren Ausgang einhält. Sie braucht Entspannung, wenn sie den ganzen Tag über im Hotel Dienst tut."

Während dieser Auseinandersetzung zwischen den Hubers gehen Frau Therese, Cornelia und Herr Richter durch Waldach. Es ist ein milder Sommerabend. Die Berge leuchten rötlich in der Abendsonne.

Die Feriengäste promenieren in den Straßen des Ortes. Auf ihren Gesichtern liegt die Ruhe und Zufriedenheit, die man empfindet, wenn man viel Zeit hat und den Sorgen des Alltags fern ist.

Auch Hans-Georg Richter denkt nicht an das Morgen. Ihm ist, als sei er schon lange hier, als gehe er schon lange an der Seite Frau Thereses durch diesen kleinen, freundlichen Ort. So vertraut ist ihm diese Welt bereits.

Hinter den letzten Häusern des Ortes biegen sie in einen Wiesenweg ein, der zur Ache hinunterführt. Die Wiesen duften stark und süß. Stille und Dämmerung senken sich tiefer herab. Nur die Ache springt, gurgelt und rauscht in ihrem Geröllbett, und ihre Stimme erfüllt das stille Tal mit urwüchsiger Lebendigkeit.

Von der Ache aus gehen sie einen Wiesenhang hoch und wenden sich dem Walde zu, der sich mit hohen Fichten am Berg entlangzieht. Dort steht eine Bank, die den Blick über das ganze Tal freigibt, bis dort, wo die Berge das Tal dichter umdrängen und nun wie eine schwarze Mauer in die Dämmerung ragen.

Sie haben alle drei auf diesem Spaziergang nicht viel gesprochen. Jeder ging seinen Gedanken nach. Aber nun sagt Cornelia: „Es ist wie damals, Mutti, als wir mit Vati in den Bergen waren. Da sind wir auch oft abends spazierengegangen."

Die Mutter nickt. Das waren schöne Abende gewesen, und sie hatte geglaubt, daß es immer so bleiben würde. Aber dann waren sie eines Tages allein gewesen, und die Spaziergänge zu dritt gehörten einer schönen Vergangenheit an.

Cornelia aber redet weiter: „So müßte es immer sein, Mutti. Dann würdest du auch wieder froh werden. Seit Vater nicht mehr bei uns ist, hast du gar nicht wieder richtig gelacht."

„Aber Cornelia", flüstert die Mutter verwirrt. „Was redest du da?"

Hans-Georg Richter blickt ins Tal. Die bunten Farben des Tages haben sich in der Dämmerung verloren, die nun grau über der Landschaft liegt. Aber der Duft verstärkt sich, und ein kleiner, frischer Wind rauscht in den Bäumen über ihnen.

„Cornelia spricht aus, was ich denke. Uns dreien hat das Schicksal viel genommen."

Das Mädchen sieht ihn an, und in ihrem Blick liegt das ganze Vertrauen, daß sie ihm entgegenbringt.

Frau Therese ist das Gespräch ein wenig unangenehm. Sie hatte immer gemeint, daß Cornelia nicht wüßte, wie es in ihrem Herzen aussieht. Nun muß sie erkennen, daß das Mädel das ganze Jahr über gefühlt hat, wie wenig die Mutter den Verlust des Vaters verwunden hat.

Als sie nach Waldach zurückkehren, ist es dunkel geworden, aber noch immer ist der Himmel von einem dämmrigen Blau, das die Umrisse der Berge deutlich erkennen läßt.

Auf der Terrasse fällt Cornelia ein einzelner junger Mann auf, der vor einem Glas Bier sitzt. Verblüfft sieht sie zu ihm hin.

Da winkt er ihr zu. „Da bist du sprachlos, wie, kleines Fräulein?" fragt er lustig. „Ich wohne jetzt in der ‚Alpenrose'. Man muß doch auch mal Ferien machen, wenn man das ganze Jahr über schwer gearbeitet hat, nicht wahr?"

„Sie sehen aber nicht so aus, als hätten Sie viel gearbeitet", entgegnet Cornelia etwas spöttisch.

„Das klingt ja, als würdest du dich nicht freuen, daß ich hier bin." Er runzelt die Stirn und macht ein gekränktes Gesicht, worüber Cornelia wider Willen lachen muß. „Ich wohne auf Zimmer 14. Eigentlich ist es ja 13, aber die Zahl gibt's bekanntlich im Hotelfach nicht. Dabei bin ich nicht abergläubisch. Ich bin jetzt höchstens ein bißchen traurig, weil du dich nicht freust, daß ich hier bin."

„Warum soll ich mich denn da freuen? Die Hauptsache ist doch, daß Line sich freut, wenn Sie da sind, nicht wahr?"

Da lacht er, frech und leichtsinnig. „Und wie die sich gefreut hat! Das hättest du sehen sollen. Bis an die Decke ist sie vor Freude gesprungen!"

Cornelia bezweifelt es. Sie kann sich Lines erschrockenes Gesicht gut vorstellen, als ihr der leichtsinnige, kecke Freund gesagt hat, daß er im Hotel wohnen will. Die arme Line! Nun wird sie noch übellauniger sein als sonst.

Mit einem Seufzer wendet sich Cornelia ab.

„Gute Nacht, bis morgen!" ruft ihr Lines Bruder nach, und Cornelia wendet sich zu einem kurzen Gruß noch einmal um.

„Da bist du!" sagt da die Mutter. „Herr Richter will sich von uns verabschieden."

„Gute Nacht, Onkel Hans-Georg, und vielen Dank für den schönen Spaziergang!"

Er nimmt ihre Hand und drückt sie herzlich und kameradschaftlich.

„Denke daran, was ich dir gesagt habe, und mache dir keine unnützen Sorgen!"

Cornelia nickt voll Vertrauen.

7. Auf der Alm

Man kommt an, und man reist ab im Hotel „Alpenrose".

Immer wieder sieht Cornelia neue Gesichter. Es begegnen ihr Menschen, denen Reisen ein Hobby ist, und solche, die ein ganzes Jahr lang sparen mußten, um sich einen Urlaub leisten zu können.

Alle Gäste der „Alpenrose" aber haben eines gemeinsam: sie schätzen die immer freundliche Cornelia, die ihnen flink und gewissenhaft ihre kleinen und oft auch nicht ganz unbescheidenen Wünsche erfüllt.

Unbescheiden ist der Wunsch der Sardous freilich nicht, als sie Cornelia bitten, ein bißchen auf ihren Wildfang Denise aufzupassen. Die Sardous sind Franzosen. Sie sind vor einer Woche angekommen.

Die siebenjährige Denise sprang gleich wie ein kleiner Windhund aus dem Wagen und lief Hans-Georg Richter, der gerade aus der Tür trat, in die Arme.

Er hob das kleine, reizende Persönchen hoch und wirbelte es herum.

„O fein", jubelte die Kleine. „Ich will weiter Karussell fahren!"

Sie sprach natürlich Französisch, und Hans-Georg Richter antwortete ihr auch in dieser Sprache.

Die Mutter Denises, eine Deutsche, entschuldigte sich rasch:

„Verzeihung, mein Herr, das Kind hat sie belästigt." Dann wandte sie sich an ihr Töchterchen: „Denise, du hast mir versprochen, lieb und artig zu sein. Und du hast mir auch versprochen, hier nur deutsch zu reden."

„Ja, Mama", nickte die Kleine schuldbewußt, und sie knickste vor Hans-Georg Richter, der sie wieder auf den Boden gestellt hatte. „Wohnst du auch hier im Hotel? Fährst du wieder mit mir Karussell?"

Herr Richter mußte über ihr drolliges Deutsch lachen. Aber er bejahte beides.

Mit der kleinen Denise haben Anita, Armin und Cornelia fröhliche Gesellschaft bekommen. Jede freie Minute ist Cornelia mit der Kleinen zusammen, und die Sardous sind froh, ihren Wildfang so gut aufgehoben zu wissen.

Frau Huber sieht das freilich nicht gern. Sie hat in Cornelia eine flotte und gewissenhafte Helferin für alle kleinen Verrichtungen gefunden. Sie möchte ihre Mithilfe nicht mehr missen, denn auf Resi ist, trotz aller mütterlichen Strenge, wenig Verlaß. Frau Huber weiß aber auch, daß Hans-Georg Richter Cornelias Handreichungen überwacht und nicht duldet, daß das Mädel Dinge verrichtet, für die es noch zu jung ist.

Cornelia wiederum hilft gern mit. Es macht ihr ganz einfach Freude, und ganz besondere Freude macht es ihr, auf Denise aufzupassen.

Das kleine Mädchen ist ein Wirbelwind, der überall und nirgends ist. Mit Wastl und Seppl, den beiden Buben vom Hallgruberbauern, hat sie schon am ersten Tag Freundschaft geschlossen. Die Buben lachen zwar über ihr verkehrtes Deutsch, aber Denise nimmt nichts übel und lacht sogar mit.

So kommen der Wastl und der Seppl auch an einem Nachmittag zur „Alpenrose", um nach ihrer kleinen Freundin zu sehen.

Denise spielt mit Cornelia, Anita und Armin auf der Wiese hinter dem Hotel Ball. Es geht laut und fröhlich dabei zu.

Franz dehnt sich behaglich im Liegestuhl. Er spart nicht mit Lob und Tadel, denn er macht den Schiedsrichter und kommt sich sehr wichtig vor.

Line, die auf der Terrasse frische Tischtücher auflegt, sieht es mit

84

Unbehagen. Seitdem der Bruder zu den Hotelgästen zählt, hat sie zweimal versucht, ihn heimlich zu sprechen.

Jedesmal hat er ihr leise zugeflüstert: „Ich habe kein Geld, Line. Ich muß hierbleiben. Wo soll ich hin? Du wirst doch meine Rechnung bezahlen, gelt?"

Und Line hat ihn jedesmal zornig und unnachgiebig stehenlassen. Nein, sie will diesem Hallodri kein Geld mehr geben!

Franz hatte ihr nachgelächelt und war weitergegangen. Und nun sitzt er auf der Wiese und spielt sorglos mit den Kindern Ball!

Line könnte weinen vor Zorn.

„Tor! Tor!" schreit da der Wastl, und er wirft den Ball, den er aufgefangen hat, mit solcher Wucht zu Armin, daß der Junge hintenüber ins Gras kugelt.

„Ja mei!" johlt der Wastl, „was willst denn da unten? Der Ball ist doch woanders!" Dabei schlägt er sich auf die Krachledernen, daß es nur so klatscht.

Der Seppl lacht natürlich mit, denn was der Wastl tut, das tut der Seppl auch.

Da lachen sie alle über Armins dummes Gesicht. Der Franz findet das so lustig, daß er vor Lachen mit dem Liegestuhl zusammenbricht.

Zornig wendet sich Line ab. Sie ärgert sich über alle. Über Anita und Armin, über Cornelia, über die Hallgrubenbuben und über diesen Tunichtgut von einem Bruder, der hier im Hotel den großen Herrn spielt.

„Wollt ihr mit Ball spielen?" ruft Cornelia den Jungen zu.

„Nein", meint der Seppl, „wir wollten Denise holen. Wir fahren jetzt auf die Alm, und da sollte sie mitfahren."

„Ach so", Cornelia sieht etwas ratlos drein. „Denises Eltern sind aber nicht da. Sie werden es nicht erlauben."

„Ich will mit auf die Alm", bettelt die Kleine. „Mama hat gesagt, ich darf mit!"

Davon weiß Cornelia nichts. Sie steht da und weiß nicht, was sie sagen soll.

Franz meint: „Warum soll Denise denn nicht mit? Laß sie doch mitgehen! Der Bauer ist doch sicherlich auch dabei."

„Unser Vater fährt mit dem großen Wagen 'nauf", sagt da der Wastl, „es kann nix passieren. Gar nix."

„Na, lauf schon", winkt der Franz großzügig, und Denise rennt mit dem Wastl und dem Seppl davon.

„Ich weiß nicht, ob das richtig ist", meint Cornelia nachdenklich. „Sicherlich werden jetzt Denises Eltern böse mit mir sein. Wir hätten sie bestimmt erst fragen müssen."

„Was soll denn passieren?" fragt nun auch Armin. „Komm, wir wollen weiterspielen, Cornelia. Denise kommt ja bald wieder."

Er wirft ihr den Ball so schnell zu, daß sie ihn im letzten Augenblick gerade noch auffangen kann. Und Cornelia wirft ihn zurück . . .

Denise ist zu Wastl und Seppl auf den Wagen geklettert. Der Hallgruberbauer sitzt vorn auf dem Traktor, und nun rattert er die Hauptstraße entlang aus dem Dorf hinaus.

Sie fahren auf einem buckligen Wiesenweg dem Berg entgegen, der sich mit dichtem Waldbestand vor ihnen auftürmt.

Der Weg am Berg entlang geht stetig aufwärts. Er ist so schmalspurig, daß nur ein Wagen darauf Platz hat. Rechts reckt sich der bewaldete Berg hoch, zur linken Seite sackt das Tal mit dem rauschenden Wildbach immer tiefer unter ihnen weg.

Denise hängt über dem Wagenrand und schaut und staunt. Über ihnen rauschen die Kiefern. Vom Boden steigt ein starker Erdgeruch auf, in den sich der Duft von Holz und wilden Bergblumen mischt. Das Hämmern des Traktors ist das einzige Geräusch in der Bergstille.

Als sich der Wald nach einer halben Stunde Auffahrt lichtet, lenkt der Hallgruber den Traktor die Wiese hinauf. Dort läßt er ihn stehen. Er schultert sich einen Rucksack auf, packt den dicken Knotenstock und steigt mit den Kindern bergauf.

Leichtfüßig springen die vor ihm her. Denise jubelt über jede Blume. Sie betrachtet andächtig den buntfarbigen Schmetterling, der sich im Grase wiegt, und streckt lachend die Arme zum tiefblauen Himmel empor.

Der Hallgruber lächelt. Seinen Buben ist die Wiese mit dem Himmel darüber nichts Neues. Sie bemerken sie kaum noch, und er weist nach hinten, damit sie sehen, wie hoch sie schon gestiegen sind.

Das Mädchen aber macht runde Augen und sieht staunend ins Tal hinunter.

Über den Wald hinweg sehen sie das Land vor sich liegen. Waldach liegt inmitten der Talwiesen. Die Ache schlängelt sich wie ein silbernes

Band drüben am Berg entlang. Weit links im Dunst liegen einige Häuser hinter dem Berg.

„Das ist Brunnzell", sagt der Hallgruberbauer. Dann nickt er und steigt weiter bergan.

Nach einer Stunde haben sie die Hütte erreicht. Sie steht flach und braun inmitten der grünen Matten. Ein kleiner Wildbach gluckert vor ihr im schmalen Geröllbett.

Der Hallgruber geht mit festem Schritt über die kleine Holzbrücke, lüftet seinen Hut zum Gruß und streift den Rucksack vom Rücken.

Auf der Bank vor der Hütte sitzt ein Bergsteiger mit Lederhosen und grünem Hütchen und erfrischt sich an einem Glas Milch.

Dem Hallgruber kommt er bekannt vor, aber er weiß nicht gleich, wohin mit ihm. Soll er denn alle Sommergäste kennen, die das ganze Jahr über in den Bergen herumkraxeln?

Die Kinder aber erkennen ihn sogleich.

„Grüß Gott, Herr Richter!" kräht der Wastl, und die kleine Denise wirft sich ihm stürmisch in die Arme.

„Grüß Gott", sagt nun auch der Hallgruber, denn er erkennt den netten Gast von der „Alpenrose".

Der Senn steht vor der einzigen Waschanlage der Hütte und läßt sich das kalte Wasser, das aus einem Astloch läuft, in die hohlen Hände rinnen.

Er gräbt das Gesicht hinein und sprudelt und prustet voll Wohlbehagen. Das Wasser sammelt sich in einem ausgehöhlten Baumstamm.

„Wenn du fertig bist mit deiner Wascherei, Lenzl, will ich mit dir sprechen", brummt der Hallgruber gemütlich und setzt sich auf die Bank.

Dann sitzen die beiden Männer zusammen und reden. Der Hallgruber packt Wäsche, Mehl und ein Paar neue Schuhe für den Senn aus, und der Senn stopft dem Hallgruber Butter und Käse in den Rucksack.

Die Kinder haben sich zu Hans-Georg Richter gesetzt und bestürmen ihn mit Fragen.

„Ich bin schon seit heute früh auf den Beinen", erzählt er. „Es war eine herrliche Tour. Die Sonne war noch nicht einmal richtig aufgestanden, als ich hochgeklettert bin. Am Vormittag war ich schon auf dem Hitzkopf. Da staunt ihr, was? Da oben liegt noch Schnee. Ihr könnt es ja auch vom Tal aus sehen. Ich bin über Schneerinnen geklettert und habe mich an einem kleinen Abhang abgeseilt. Ich habe auch Gemsen gesehen und Murmeltiere. Was meint ihr, wie possierlich die sind."

„Ich habe auch schon Murmeltiere gesehen", sagt der Seppl, und der Wastl bestätigt es, denn er war ja dabei.

„Ich will auch Murmeltiere sehen", ruft Denise.

„Hier gibt's keine", meint der Wastl, „da muß man höher steigen."

„Am Breitensteig habe ich schon welche gesehen", verrät Herr Richter, „aber man muß eben Glück haben. So weit herunter kommen sie nicht oft."

„Da wollen wir hin", drängt Denise und steht auf.

„Der Weg geht immer bergauf. Das schaffst du nicht mit deinen kleinen Beinchen", lächelt Hans-Georg Richter. „Wenn ich wieder auf den Berg gehe, bringe ich dir ein Murmeltier mit, Denise. — So, und jetzt steige ich nach unten. Ich habe Cornelia versprochen, mit ihr ein wenig Englisch zu lernen. Noch viel Spaß, Kinder!"

Er nickt ihnen zu, grüßt zum Senn und zum Hallgruberbauern hin und steigt mit seinen Nagelschuhen über die kleine Holzbrücke.

Nach kurzer Zeit macht sich auch der Hallgruber wieder auf.

Aber die Kinder wollen noch nicht mit ins Tal. Es ist so schön hier oben beim Senn.

Der Hallgruber überlegt. Dann meint er: „Also gut, ich fahre nach unten. Wastl, ihr geht den Kirchensteig hinunter, der ist viel kürzer. Paßt auf das Mädel auf! Nehmt es an die Hand, wenn ihr absteigt, dann kann nichts passieren. Es ist ja ein flinkes Ding, dem nicht bange wird, wenn es ein bißchen bergab geht. Und kommt nicht zu spät, hört ihr?"

„Ja, Vater", sagen der Wastl und der Seppl brav und sehen ihm nach, als er durch die Wiesen davongeht.

„Wir wollen die Murmeltiere suchen", flüstert Denise den Buben zu, damit es der Senn nicht hört.

Aber der Lenzl ist in der Hütte, probiert die neuen Schuhe an und läuft damit auf den derben Dielen umher.

Der Wastl meint: „Da müssen wir ganz hoch steigen. So hoch kommen wir heute nimmer."

88

„Nur ein kleines Stück", bettelt Denise, „vielleicht sehen wir auch schon am Breitensteig welche. Herr Richter hat es doch gesagt."

„Na ja", gibt der Seppl zu bedenken, „vielleicht gibt es wirklich Murmeltiere am Breitensteig. Versuchen können wir's ja mal!"

Denise hüpft ihnen schon voran. Und die Buben gehen ihr nach. Unermüdlich steigen sie bergan. Bald sehen sie nichts mehr von der Almhütte.

Stille und Bergeinsamkeit umgeben sie. Der blaue Himmel färbt sich allmählich grau, und die Berge werfen längere Schatten. Steine und Geröll haben das leuchtende Grün der Almwiesen zurückgedrängt. Kahl und grau, aber vom Rot der Sonne umspielt, stehen die felsigen Berge.

Die Kinder haben am Breitensteig wahrhaftig Glück. Inmitten der weiten Geröllhalde hockt ein graubraunes Murmeltier. Es scheint die Kinder gar nicht zu bemerken, die sich vorsichtig heranpirschen. Die Pfoten am Schnäuzchen, nagt es eifrig an etwas. Das sieht so possierlich und drollig aus, daß Denise den Jubel und die Freude nicht mehr zurückhalten kann.

Das Tier schreckt hoch und springt in jagenden Sätzen davon.

„Da hast du's", knurrt der Wastl, „warum müssen Mädchen auch immer reden!"

„Kommt mit! Wir holen es ein. Ich möchte es noch einmal sehen." Denise läuft dem dahinhetzenden Tier nach, und der Wastl und der Seppl müssen wohl oder übel hinterdrein.

Plötzlich schreit Denise auf. Sie rutscht — und verschwindet vor den Augen der Buben in einer Felsspalte.

Wie erstarrt bleiben die Jungen stehen.

Die Felsspalte ist zum Glück nur drei Meter tief. Sie können Denise sehen. Sie hat sich die Knie aufgeschlagen und weint.

„Heul nicht", ruft der Wastl, „wir helfen dir schon 'raus."

Aber ihre Bemühungen reichen nicht aus, Denise aus ihrem Gefängnis zu befreien. Sie haben keinen Strick und keine Stange, an der sich das Mädchen festhalten könnte.

Als Denise bei einem Kletterversuch nach oben abrutscht, klemmt sie sich obendrein den linken Fuß ein.

Die Buben werden immer ratloser. Sie reden hin und her und kommen zu keinem Ergebnis.

„Ich lauf' ins Dorf hinunter und hole Hilfe", sagt der Wastl schließlich. „Du bleibst bei Denise, damit sie sich nicht grault", und ohne auf Seppls Antwort zu warten, rennt er los.

Sie denken in ihrer Kopflosigkeit nicht an den Senn in der Hütte, der dem kleinen Mädchen so rasch helfen könnte.

Der Wastl rennt wie der Blitz den Berg hinunter. Er läuft über den Kirchensteig, der steil und in geheimnisvollem Waldesdunkel ins Tal hinunterführt.

Furcht kennt der Wastl nicht, aber er hat Angst um das Mädchen.

Hatten der Seppl und er dem Vater nicht versprochen, auf Denise aufzupassen? Der Vater darf das gar nicht erfahren! Hoffentlich trifft er Herrn Richter an. Der wäre der Richtige, um Denise zu helfen . . .

Hans-Georg Richter sitzt noch mit Cornelia auf der Terrasse, als der Wastl, erhitzt und mit wirrem Haar, angesaust kommt. Er ist so abgehetzt, daß sich seine Worte unverständlich überstürzen.

„Langsam, Wastl, langsam", beruhigt ihn Hans-Georg Richter und nimmt die zitternden Bubenhände, die förmlich flattern und fliegen, „und nun erzähle!"

Da berichtet der Wastl von dem Murmeltier und von Denise, die es fangen wollte.

„Und jetzt liegt sie in einer Felsspalte", sagt er atemlos, „und wir können ihr nicht helfen."

„Mein Gott", flüstert Cornelia erschrocken, „warum habe ich sie nur fortgelassen! Onkel Hans-Georg, ich bin schuld daran! Ich hätte das nicht tun dürfen."

„Unsinn", sagt Hans-Georg Richter, springt auf, läßt sich von Herrn Huber ein dickes, langes Seil und eine Hacke geben, packt Toni, Cornelia und den Wastl in seinen Wagen und braust los.

Er fährt denselben Weg den Berg hinauf, den am Mittag der Hallgruber mit seinem Traktor genommen hat, denn es gibt keinen anderen. Aber jetzt schimmert nicht mehr die Sonne durch die Baumstämme wie am Mittag, jetzt liegen Waldesdunkel und erdrückende Stille über dem Berg.

Der Scheinwerfer tastet sich den schmalen Weg entlang, immer zwischen Abgrund und aufragendem Fels. Der Weg ist nicht eben. Er windet sich um den Berg, und Hans-Georg Richter weiß nicht, wie es hinter der nächsten Kurve aussieht.

90

Er preßt die Lippen aufeinander, um nicht zu fluchen, weil er den Berg so hinaufkriechen muß, und ihn nicht hinaufjagen kann um der Kleinen aus ihrer bedrohlichen Lage zu helfen.

Die drei Kinder sind still. Kein Wort fällt zwischen ihnen. Das Brummen des Motors ist das einzige Geräusch im Wald.

Herr Richter läßt den Wagen auf der Wiese halten. Dann jagen sie im Eilschritt die Hänge hinan. Wastl führt sie abseits der Almhütte hoch, um den Weg abzukürzen.

Mit keuchenden Lungen und völlig erschöpft kommen sie nach einer reichlichen Stunde oben an.

Der Seppl hockt noch immer vor der Felsspalte. Die kahlen Bergspitzen sind grau, nur ganz oben leuchten sie purpurn, und hinter ihnen spannt sich der Himmel in einem tiefen Rot.

Es ist ein herrlicher Anblick, aber Hans-Georg Richter und die Kinder sehen es kaum.

Herr Richter beugt sich hinunter. Es ist dunkel da unten, und ein herber Geruch von Stein und Erde steigt aus der Spalte auf.

„Hallo, Denise, hörst du mich?" fragt er und lauscht.

„Ja", kommt es leise herauf. „Ich bin so müde, und mein Fuß tut weh."

„Paß auf, Kind! Toni kommt jetzt zu dir herunter und macht deinen Fuß frei. Dann hilft er dir nach oben. Hast du das verstanden?"

„Ja", sagt die Kleine wieder.

Hans-Georg Richter richtet sich auf. Toni schlingt das Seil nach Bergsteigerart um sich und, von Herrn Richter und den Buben unterstützt, klettert er vorsichtig in die Spalte hinunter.

Nach bangen Minuten ruft Toni: „So, jetzt zieht, aber vorsichtig! Die Kleine hat keine Kraft mehr."

Denise hat sich tapfer gehalten. Hans-Georg Richter nimmt das erschöpfte Kind in die Arme und wickelt es in die mitgebrachte Decke. Dann seilen sie Toni nach oben.

Abwechselnd tragen er und Toni das Mädchen nach unten.

Der Abend ist über das Land gekommen. Alle Farben des Tages und des Sonnenunterganges sind verschwunden. Dunkelheit hängt über den Bergen, als sie den Wagen erreichen.

Langsam und vorsichtig steuert Herr Richter bergab. Es ist eine gefahrvolle Fahrt in der Dunkelheit, aber sie kommen wohlbehalten im Tal an.

Cornelia bangt vor Denises Eltern, und sie atmet befreit auf, als ihr die Mutter sagt, daß die Sardous noch nicht von ihrer Bergtour zurück sind.

Aber kaum hat Hans-Georg Richter das Mädchen in einen Sessel gelegt, da kommen sie zurück.

„Sie hat sich ein bißchen den Fuß geklemmt", berichtet er, und das tut er so geschickt, daß sich eigentlich niemand ängstigt.

Denise erzählt natürlich erst recht nichts, denn sie weiß, daß sie die meiste Schuld hat, weil sie die Buben zu einem Aufstieg zu den Murmeltieren verleitete.

8. Eine verwerfliche Tat

Denise sieht sehnsüchtig auf die Straße hinunter. Es ist Nachmittag. Die Feriengäste gehen ohne Hast durch die engen Gassen, weichen den durchfahrenden Autos aus und lachen über zwei Katzen, die sich balgend um einen Misthaufen jagen.

Auf dem Brunnenrand gegenüber der „Alpenrose" sitzen der Wastl und der Seppl. Sie gucken ab und zu zum Balkon hoch, aber ins Haus wagen sie sich nicht.

Denise liegt im Liegestuhl. Durch das Holzgitter des Balkons kann sie gerade zu den beiden Buben hinuntersehen.

Die Mutter tritt aus der Tür auf den Balkon hinaus.

„Darf ich denn immer noch nicht aufstehen, Mama?" fragt Denise in ihrem gebrochenen Deutsch. „Seit drei Tagen bin ich nicht aus dem Hause gekommen. Es ist so langweilig."

„Das glaube ich dir", lächelt die Mutter. „Es fällt dir schwer, mal ein paar Tage stillzuliegen. So ist es, wenn man auf Entdeckungsreisen geht. Da muß man immer mit Überraschungen rechnen." Sie löst den Verband um Denises Fuß und betrachtet kritisch die geschwollene Stelle. „Ich muß immer noch Umschläge machen, Kind", bedauert sie. „Heute abend kommt sicherlich der Doktor noch einmal. Er wird dir sagen, wann du wieder herumspringen kannst."

94

Denise murrt ein bißchen, aber es bleibt ihr ja nichts weiter übrig, als sich zu fügen.

Da geht nebenan die Balkontür auf.

„Oh, Herr Franz!" jubelt die Kleine. „Spielen Sie wieder mit mir? Ich langweile mich so!"

„Denni, Herr Bernauer hat nicht immerzu Zeit für dich", tadelt die Mutter. „Bestimmt will er noch einen Spaziergang machen."

Franz lacht. „Sie haben falsch geraten, gnädige Frau", sagt er artig. „Ich bin gekommen, um Denise die Zeit zu vertreiben. Es macht mir wirklich Spaß. Sie brauchen mich nicht so zweifelnd anzusehen. Was wollen wir spielen, Denni?"

Die Mutter geht lächelnd wieder ins Zimmer zurück. Es ist lieb von dem Gast, sich dem kranken Kinde zu widmen. Er ist wirklich ein liebenswürdiger junger Mann.

„Sie müssen wieder zaubern!" ruft Denise. „Können Sie meinen Fuß gesund zaubern, Herr Franz?"

„Ich kann vieles", meint Lines Bruder, der Taugenichts, „aber deinen Fuß werde ich nicht gesund zaubern können. Den hat dir der Berggeist einklemmen lassen, und gegen den bin ich machtlos. Das ist ein ganz mächtiger Geist, weißt du?"

Denise zieht die Nase kraus und denkt nach. Einen Berggeist hatte sie nicht im Fels gesehen, aber einen Spalt, in den sie gerutscht war. Ob es wirklich einen Berggeist gab?

Franz hat ein Zweimarkstück aus der Tasche geholt und es vor Denises Augen verschwinden lassen.

„Sie haben es im Ärmel!" ruft sie, und als Franz energisch und triumphierend beide Arme schüttelt, ist sie enttäuscht, weil nichts herausfällt.

„Du hast es ja selber", meint er und holt das Geldstück unter ihrem Kopfkissen hervor.

Denise jubelt auf.

Da kommen Anita und Armin auf den Balkon.

„Wir wollen auch mitlachen", sagt der Junge. „Herr Franz, können Sie auch mein Taschenmesser verzaubern?"

Bald geht es lustig und laut auf dem Balkon im zweiten Stock zu. Einige der Gäste, die ihren Mittagsschlaf beendet haben, sehen den lustigen Spielen zu und haben ihren Spaß daran. Jeder findet, daß der junge Herr Bernauer ein großartiger Kerl ist. Man muß ihn einfach gern haben.

Anita erspäht Cornelia, die gerade über die Straße kommt. Sie trägt eine Zeitung unter dem Arm.

„He, Cornelia!" ruft Anita hinunter. „Komm doch zu uns herauf. Wir haben einen tollen Spaß!"

Cornelia ahnt, wer diesen Spaß macht, und schüttelt den Kopf. „Ich habe keine Zeit!"

Franz guckt über das Geländer. Er neckt Cornelia gern, obwohl er weiß, daß sie ihn nicht zu mögen scheint.

„Natürlich hast du Zeit!" ruft er. „Oder willst du nur nicht kommen, weil du Angst hast, daß ich dich verzaubern könnte?"

„Davor habe ich bestimmt keine Angst", lacht Cornelia hinauf. „Wie wäre es, wenn Sie sich selber wegzauberten?"

„So ein Frechdachs", denkt der Franz und zieht sich zurück.

Aber trotz der Bitte Anitas und Armins will Cornelia nicht zu ihnen auf den Balkon kommen. Sie geht auf die Terrasse, wo Herr Richter sitzt.

„Hier ist die Zeitung", sagt sie. „Es ist die ‚Daily Mail' von vorgestern."

„Das macht nichts", sagt er und schlägt sie auf. „Politik interessiert uns jetzt nicht. Wir nehmen das Lokale und die Gesellschaftsspalte. Das verstehst du am besten. Toni, bringe uns bitte ein großes Eis mit Sahne", und als ihn Cornelia überrascht ansieht: „Dabei lernt es sich leichter."

Aber trotz der Erfrischung unter dem riesigen Sahneberg ist Cornelia nicht ganz bei der Sache. Sie verwechselt in der Grammatik Gegenwart und Zukunft und gibt Herrn Richter falsche Antworten.

„Was ist los?" fragt er erstaunt und sieht sie prüfend an. „Das alles ist doch nichts Neues für dich. Du kannst dich doch sonst so gut ausdrücken."

Das Mädchen fühlt sich ertappt.

„Entschuldige", murmelt sie. „Ich dachte nur gerade an etwas. Aber jetzt will ich besser aufpassen."

„Hast du wieder Ärger mit Resi gehabt?"

„Nein, Resi ist es diesmal nicht. Ich dachte an Franz."

„Was ist denn mit dem los? Hat er sich jetzt auch bei dir beliebt gemacht?"

Cornelia muß lachen. „Alle mögen ihn gern", meint sie. „Ich glaube, Line und ich sind die einzigen Menschen im Hotel, die ihn nicht mögen. Onkel Hans-Georg, ich muß dir etwas gestehen. Du wirst mir sicherlich sehr böse sein, wenn ich es dir sage."

„Es kommt darauf an, was es ist. Weiß es deine Mutter auch?"

„Nein, ich sage es dir nur, weil du mein Freund bist. Onkel Hans-Georg — ich habe dem Franz nachspioniert!"

„Nachspioniert?" fragt er verblüfft. „Aber Cornelia, so etwas tut man doch nicht! Das war nicht recht von dir."

„Ich weiß", bekennt sie kleinlaut, „aber ich habe etwas über Franz erfahren", und sie erzählt ihm, was sich vor drei Tagen zugetragen hat.

Es war am Vormittag. Cornelia wollte in ihr Stübchen gehen, um für die Mutter etwas zu holen. Als sie Franz vor sich gehen sah, ging sie langsamer, um ihn nicht auf der Treppe überholen zu müssen. Er ging aber nicht in sein Zimmer im zweiten Stock, sondern stieg zur dritten Etage hoch. Vorsichtig schlich Cornelia hinter ihm her. Er stieg bis zum Dachgeschoß hinauf und ging auf Lines Tür zu.

Cornelia versteckte sich hinter der breiten Blattpflanze auf dem Treppenpodest und horchte nach oben. Franz drückte die Klinke zu Lines Zimmer nieder, aber die Tür gab nicht nach. Während er wohl überlegte, was er tun solle, öffnete sich die Bodentür und Line erschien.

„Was tust du denn hier?" fragte sie ärgerlich.

„Ich wollte zu dir, Line", entgegnete er leise. „ich muß mit dir reden."

„Schnell, komm herein. Ich habe keine Zeit. Frau Huber wartet auf mich."

„Es geht bestimmt ganz schnell", versicherte er. Dann ging die Tür, und es war wieder still im Dachgeschoß.

Cornelia schlüpfte nun hinter der Blattpflanze hervor und huschte die Treppe hinauf. Vor Lines Tür blieb sie stehen und lauschte.

„Franz, ich bitte dich, reise doch ab", bat Line. „Jetzt bist du bald eine Woche hier. Jeden Tag hast du mir versprochen, von hier fortzufahren. Warum tust du es nicht?"

„Ich habe kein Geld. Ich kann die Hotelrechnung nicht bezahlen. Du mußt mir noch einmal helfen. Dann reise ich ab."

„Du wirst dein Wort wieder nicht halten", klagte sie verzweifelt.

„Doch, diesmal bestimmt", versprach er, „bitte, helfe mir, Line!"

Es war ein Weilchen still hinter der Tür. Dann sagte Line: „Ich gebe dir alles, was ich noch habe, Franz. Es ist wirklich mein letztes Geld. Aber ich habe es nicht hier. Ich muß es erst einlösen."

„Ich habe ja Zeit", entgegnete er. „Ich kann schon noch ein paar Tage warten. Dann fahre ich nach München und tue alles, was du willst."

„Geh jetzt", sagte sie. „Es darf dich hier niemand sehen. Ich schäme mich für dich."

Hastig sprang Cornelia von der Tür zurück und eilte die Treppe hinunter.

Erst als Franz im ersten Stock an ihr vorbeigegangen war, ging sie wieder nach oben. —

„Er hat Line um Geld angebettelt", sagt Cornelia nun verächtlich. „So einer ist das, und hier spielt er den großen Mann."

Herr Richter blickt nachdenklich vor sich hin.

„Ich glaube, darüber sollten wir uns kein Urteil erlauben", meint er dann, „das sind Lines Angelegenheiten. Unter Verlobten wird so etwas manchmal nicht allzu genau genommen. Einer hilft dem andern. Vermutlich hat sich Franz ein wenig verausgabt."

„Das gefällt mir trotzdem nicht. Ich habe gleich gemerkt, daß mit Franz etwas nicht stimmt."

„Denke nicht mehr daran", lächelt er. „Komm, wir wollen wieder Englisch lernen!"

„Da sieh, Onkel Hans-Georg, dort kommt Line! Sie hat sich frei geben lassen, um nach Brunnzell zu fahren. Meinst du, daß sie ihr ganzes Geld für Franz von der Sparkasse geholt hat?"

„Das kann schon sein. Da siehst du, daß Line im Grunde eben doch ein guter Kerl ist, auch wenn sie manchmal so garstig tut."

Cornelia und Herr Richter sehen nicht, daß Franz über das Geländer guckt, als er Line kommen sieht. Dann sagt er rasch zu seinem Publikum: „Einen Augenblick! Ich komme gleich wieder." Und draußen ist er.

Er kommt auch wirklich bald wieder, pfeift vergnügt vor sich hin, und auf seinem Gesicht liegt ein fröhliches Lächeln.

„Ich habe eben Nachricht bekommen, daß ich abreisen muß", meint er und sieht Denise, Anita und Armin bedauernd an. „Es heißt also, bald Abschied zu nehmen."

„Darüber sind Sie aber gar nicht traurig", meint Armin.

„Oh, traurig bin ich schon", tut Franz zerknirscht. „Aber einesteils freue ich mich auch, denn der Geldbriefträger war gerade für mich da."

„Jetzt?" fragt Anita erstaunt. „Der kommt doch immer vormittags."

„Für mich kommt er eben auch nachmittags. Kinder, wer wird nun für euch zaubern?"

„Bleiben Sie doch da", bettelt Denise. „Sie dürfen jetzt nicht fortgehen! Mein Fuß ist noch nicht heil. Und wir mögen Sie doch alle so gern."

Franz ist geschmeichelt. „Nun, vielleicht könnte ich noch so lange bleiben, bis Denises Fuß wieder gesund ist. Was meint ihr? Auf ein paar Tage soll es mir nicht ankommen."

„Oh, fein!" jubeln die Kinder. „Ja, bleiben Sie noch da . . .!"

Cornelia sieht am nächsten Morgen, wie Line beim Servieren des Frühstücks mit Franz flüstert. Sie spricht aufgeregt auf ihn ein. Aber er sagt so laut, daß es Cornelia und die wenigen Gäste hören: „Ich habe es mir überlegt, Line, ich bleibe noch einige Zeit hier. Bitte, sagen Sie das auch Herrn Huber, falls Sie mich schon abgemeldet haben."

Line wird rot vor Ärger. Sie geht hinaus und würdigt Franz keines Blickes mehr.

Cornelia aber sagt zu Herrn Richter, der ihr lachend auf der Treppe entgegenkommt: „Was sagst du nun — der Franz reist doch nicht ab! Line ist außer sich. Er hatte es ihr doch hoch und heilig versprochen."

„Ja, das ist eine Angelegenheit, die wieder nur die beiden angeht, mein Kind", erwidert er bedachtsam, „Line wird ihre Gründe haben, wenn sie nicht möchte, daß Franz hier ist. Aber bring mir lieber mein Frühstück und lache wieder! Ich habe es gern, wenn du fröhlich bist."

Da lacht Cornelia wirklich und nimmt sich vor, nicht mehr an Franz zu denken.

✱

Line muß aber immerzu an den Bruder denken. Warum macht er ihr diesen Kummer?

Acht Tage sind vergangen, seit sie ihm ihr letztes Geld gab. Sie weiß, daß er Denise eine wunderschöne Puppe schenkte und die Kinder im Hotel täglich zu Kuchen und Eis einlädt.

Cornelia hat seine Einladungen stets abgelehnt. Sie will nichts von ihm geschenkt haben. Sie weiß, daß es Lines Geld ist, das er leichtsinnig ausgibt, und ist ihm sehr böse.

Dabei ist er ein so netter Mensch. Cornelia muß sich zusammennehmen, daß sie bei seinen Späßen nicht mitlacht. Aber er soll nicht denken, daß auch sie ihn mag, bloß weil sie mit ihm lacht.

Line ist still und verschlossen. Unablässig denkt sie darüber nach, was sie tun könnte, um den Bruder in ein sauberes Leben zurückzuführen. Er muß doch endlich begreifen, daß er nicht immer bei ihr im Hotel und von ihrem Geld leben kann. Er muß nach München und sich dort ein Zimmer und Arbeit suchen. Was soll sie nur tun? Wieviel mag er wohl noch von dem Gelde haben, das sie ihm gab?

„Es ist nicht mehr viel, Line", bekennt er kleinlaut, als sie ihn zur Rede stellt. „Ich brauche noch etwas, wenn ich nach München fahren soll."

„Ich habe nichts mehr, Franz. Es war wirklich mein letztes."

Es ist still im Hotel. Die Frühstückszeit ist vorüber. Die meisten Gäste haben das Haus verlassen. Die Zimmer sind aufgeräumt.

Line steht am Fenster des Ganges im ersten Stock und blickt auf die Straße hinab. Sie hört Stimmen, Autobrummen und das Plätschern des gegenüberliegenden Brunnens.

Franz hat sich einigen Gästen angeschlossen, die eine Wanderung entlang des Waldachtales machen wollten.

Anita und Armin sind mit den Eltern und Denise nach Weltenhausen gefahren. Die Sardous stehen mit Frau van Haag vor dem Hause und beratschlagen.

Sinnend blickt Line zu ihnen hinunter.

„Ich müßte Franz noch mehr Geld geben können", denkt sie in ihrer Verzweiflung, „dann würde er bestimmt von hier fortgehen. Aber ich habe nichts mehr. Was soll ich nur tun?"

Sie hört Frau van Haags laute Stimme: „Ich glaube, es wird um die Mittagszeit noch wärmer werden. Die Sonne meint es wirklich gut.

Ich werde mir meinen Schirm holen lassen. Man bekommt sonst ja einen Sonnenstich."

Line sieht hastig hinunter. Die Halskette an Frau van Haags Hals schimmert und funkelt. Ihre Uhr ist von kleinen Brillanten gesäumt.

„Sie ist so reich", denkt Line, und ihre Gedanken verwirren sich. „Lag nicht heute früh, als ich in ihrem Zimmer aufräumte, eine Geldtasche auf dem Tisch? Sie wird es nicht merken, wenn ihr etwas fehlt. Bestimmt nicht."

Ihr Herz beginnt zu klopfen. Die Gedanken ängstigen sie, und doch kommt sie nicht von ihnen los.

Frau van Haag sagt gerade: „Ich werde Xaver bitten, daß er meinen Schirm holt. Wo ist der Hausdiener?"

Line hat hastig den Schlüssel zu Frau van Haags Zimmer herumgedreht und zieht rasch die Tür hinter sich zu.

Wahrhaftig, da liegt die Tasche noch! Line kann nicht mehr denken. Es kommt ihr nicht in den Sinn, wie schlecht ihre Tat ist. Sie sieht nur die Tasche und die Möglichkeit, Franz endlich von hier fortzubringen.

Sie nimmt sie vom Tisch, versteckt sie in ihrer tiefen Schürzentasche und verläßt eilig das Zimmer. Den Schlüssel läßt sie stecken. Vorsichtig tritt sie noch einmal ans Fenster und sieht hinunter.

Frau van Haag steht noch immer mit den Sardous vor dem Hause. Sie warten auf Xaver.

Da läuft Line weg und eilt die Treppe hinauf.

Als ihr Cornelia von oben entgegenkommt, erschrickt sie. „Was tust du denn hier?" fragt sie mißtrauisch.

„Ich teile Handtücher aus", entgegnet Cornelia ahnungslos. „Oben bin ich fertig. Jetzt muß ich noch in den ersten Stock."

„Das ist gut", sagt Line schnell und weiß selber nicht, woher ihr plötzlich der Gedanke kommt. „Dann geh mal zuerst in Frau van Haags Zimmer. Sie will ihren Schirm haben. Ich habe keine Zeit, nach unten zu gehen."

„Das mache ich", Cornelia hüpft hilfsbereit die Treppe hinunter.

Line sieht ihr nach und eilt in ihr Zimmer hinauf.

Cornelia hängt zwei frische Handtücher an den Handtuchhalter am Waschbecken, nimmt den Regenschirm vom Kleiderhaken und klemmt ihn sich unter den Arm. Darüber hält sie die Handtücher.

„Du bist doch wirklich ein fröhliches, kleines Ding", meint der

Xaver, der ihr entgegenkommt. „Es ist kein Wunder, wenn wir so schönes Sommerwetter haben.“

„Ganz recht hast du nicht, Xaver“, lacht Cornelia, „wir haben auch schon Regentage gehabt, und dabei war ich auch fröhlich.“

„Na ja, mitunter kommt das vor“, gibt er lachend zu. „Aber im allgemeinen lacht die Sonne, wenn auch du lachst.“ Und er geht an ihr vorbei.

Cornelia tritt vors Haus.

„Ich bringe Ihren Schirm, Frau van Haag.“ Cornelia holt ihn unter den Handtüchern hervor. „Und ich wünsche Ihnen einen schönen Spaziergang.“

„Danke, Cornelia“, sie freut sich über das Mädel, „es ist nett, daß du ihn so fix gebracht hast. Der Xaver hat nicht mehr so junge Beine wie du.“

Cornelia will gerade fragen, was der Xaver damit zu tun hat. Aber Frau van Haag nickt ihr zu und geht mit den Sardous die Straße hinunter.

„Cornelia! Komm doch schnell mal her!“ ruft es aus der Küche, und das Mädchen eilt ins Haus zurück.

Der Xaver kommt herunter. Er hat nach dem Schirm gesucht und ihn nicht gefunden. Hatte Frau van Haag nicht gesagt, daß er am Kleiderschrank hänge?

Verwundert steht er an der Haustür. Aber die Holländerin ist schon fortgegangen. Xaver zuckt die Schultern und geht wieder an seine Arbeit im Keller.

Line aber ist aufgeregt. Ihr Herz schlägt unruhig und voll Angst. Noch nie hat sie etwas gestohlen, noch nie. Und nun hat sie der Bruder dazu gezwungen!

Nein, gefordert hatte er es freilich nicht, aber sein Leichtsinn läßt Line vergessen, daß sie etwas Verwerfliches und Böses getan hat.

Hastig zählt sie das Geld in der Tasche. Es ist eine große Summe. Franz kann davon ein paar Monate leben, wenn er vernünftig ist.

Sie müßte sich erleichtert fühlen und kann es doch nicht. Sie ist unruhig und nervös, als sie zum Mittagstisch in der Küche erscheint.

„Line schläft mit offenen Augen“, zwinkert Toni und löffelt seine Suppe.

„Sie sieht eher aus, als sähe sie einen Geist“, kichert Resi.

102

„Sei still", rügt Frau Huber, „halte dich dazu, damit du die Gäste bedienen kannst."

Line ist, als würden die anderen sie immerzu ansehen. Scheu sieht sie auf, aber sie begegnet nur Frau Thereses Blick.

„Ist Ihnen nicht gut, Line?" fragt diese teilnehmend. „Es würde mich nicht wundern. Der Betrieb war in den letzten Tagen recht lebhaft."

„Es war nicht anders als sonst", murrt Frau Huber. „Kümmern Sie sich nicht darum, Therese! Wenn sich jemand um das Wohlergehen des Personals zu sorgen hat, dann bin ich das."

Ein kleines Lächeln huscht über Frau Thereses Gesicht. Aber sie entgegnet nichts.

Line empfindet die besorgten Worte Frau Thereses wie Spott. Sollte sie etwas wissen? Sollte sie etwas beobachtet haben? Mißtrauen erfüllt Line.

Wieder steigt der Zorn in ihr auf, der sie nicht zur Ruhe kommen läßt, wenn sie die stille Ausgeglichenheit und Güte der anderen spürt. In der Tiefe ihres Herzens hat Line das bestimmte Gefühl, daß sie Frau Therese Unrecht tut.

Wortlos nimmt sie das Essen zu sich. Sie kümmert sich nicht um die Gespräche der anderen. Nur einmal hört sie Cornelias helle Stimme, die Herrn Huber eine Antwort gibt. Sie hört das beifällige Lachen des Wirtes, und wieder ärgert sich Line.

Die Gäste haben im Speisesaal Platz genommen. Frau Therese, Resi und Cornelia bedienen sie. Franz sitzt am Tisch mit einem Ehepaar aus Köln zusammen und unterhält sich angeregt.

Line blickt unruhig vom Gang zu ihm hin. Da sieht er sie und nickt ihr unmerklich zu.

Toni, der gerade den Gang entlangkommt, sieht das, und er lacht in sich hinein.

Aber als er Line später wieder begegnet, lacht er nicht mehr. Es war nur der Bruchteil einer Sekunde, aber er sah es doch: Line hat dem Gast Franz Bernauer etwas zugesteckt! Sie hat ihm etwas zugeflüstert, und er hat genickt und beteuernd die Hand gehoben!

Komisch. Was sollte das wohl bedeuten?

Toni zieht die Stirn kraus und zuckt die Schultern.

Was geht ihn das schließlich an? Soll die Mutter sich darum kümmern! Sie will ja immer alle Angelegenheiten allein erledigen.

Toni geht zu Cornelia und Anita, die im Garten mit Hans-Georg Richter wieder einmal Englisch lernen.

Im Hotel ist Mittagsruhe. Die Gäste sind auf ihren Zimmern. Frau Therese ist mit Anna in der Wäschekammer, um reparaturbedürftige Wäsche herauszusuchen.

Die Wirtin hat Line auf ihr Zimmer geschickt, damit sie sich ein Stündchen hinlegen kann. Aber Line hat keine Ruhe. Immer wieder muß sie an das Geld denken, das sie Franz gegeben hat. Er hat ihr versprochen, noch heute das Hotel zu verlassen. Sie ist überzeugt, daß er diesmal Wort halten wird.

Franz hat das Geld, aber sie hat die leere Geldtasche. Wo soll sie diese hintun, damit sie keiner findet? Warum hat sie nicht Franz die Tasche gleich mitgegeben?

Line ist völlig kopflos vor Angst und Unruhe. Ob die Holländerin den Verlust schon gemerkt hat? Sicherlich nicht, sonst hätte sie nach ihrer Rückkehr den Diebstahl gemeldet.

„Ich kann die Tasche nicht behalten", denkt Line verzweifelt. „Ich muß sie wegtun, irgendwo verstecken. Vielleicht wird man sie bei mir suchen. Nein, nicht bei mir. Es hat mich ja keiner gesehen, als ich zu Frau van Haag ins Zimmer ging. Oder doch? Vielleicht hat mich Therese gesehen? Warum hätte sie mich sonst gefragt, ob mir gut ist? Wollte sie mir angst machen?" Line weiß nicht mehr, was sie tut. Ihr böses Gewissen treibt sie zu einer neuen verwerflichen Tat.

Leise geht sie aus ihrem Zimmer. Im Haus ist alles still. Schon als Liese noch im Hotel war, hatte Line einmal herausgefunden, daß ihr Zimmerschlüssel zu Lieses Tür paßte, zu dem Zimmer, das jetzt Cornelia mit ihrer Mutter bewohnt.

Sie horcht an der Tür, aber dahinter ist alles ruhig. Vorsichtig schiebt sie den Schlüssel ins Schloß und dreht ihn herum.

Das Stübchen Frau Thereses ist sauber aufgeräumt. Es ist wohnlich und gemütlich darin.

Aber Line sieht sich nicht um. Rasch öffnet sie ein Kommodenfach und schiebt die leere Geldtasche unter die darin befindliche Wäsche.

Sie hat die Stubentür wieder von außen abgeschlossen, als sich die Tür zu Hubers Wohnung öffnet.

Toni tritt heraus und bleibt bestürzt stehen. Ein Schreibheft hält er unter den Arm geklemmt, das er gerade geholt hatte.

„Was machen Sie denn da an Thereses Tür?" fragt er mißtrauisch.

Line wird rot. „Ich habe nichts gemacht", widerspricht sie. „Ich kam gerade vorbei, als ich den Wind hörte. Ich dachte, da sei etwas offen. Aber die Tür ist ja verschlossen."

„So", sagt der Toni, „ich habe nichts von einem Wind gemerkt." Und er wirft ihr noch einen langen Blick zu, ehe er nach unten geht.

„Merkwürdig", denkt der Toni, „was hat sie auf einmal? Sie war schon den ganzen Tag so komisch. Ob ich Frau Therese etwas davon sage? Nein, lieber nicht. Die beiden mögen sie sowieso nicht leiden. Ich werde aber die Line ein bißchen beobachten. Die scheint mir nicht mehr geheuer. Was sie bloß heute mit dem Franz getuschelt haben mag? Bernauer heißt er, genau wie sie! Das kann ein Zufall sein. Hier in Bayern heißen viele so. Verwandt sind sie bestimmt nicht, denn sie sehen sich kein bißchen ähnlich. Was mag wohl dahinterstecken?"

„Auf Wiedersehen, Toni", sagt da eine Stimme neben ihm, „du bist ja recht nachdenklich! Hast du ein so großes Problem zu wälzen?"

Toni sieht in Franz Bernauers lachendes Gesicht.

Er geht neben ihm die Treppe hinunter. Einen kleinen Koffer trägt er in der linken Hand.

„Wollen Sie abreisen?" fragt Toni verblüfft.

„Ja, ich reise ab. Ich wollte schon vor Tagen fort, aber ich konnte mich nicht entschließen. Es ist ja zu schön in der ,Alpenrose'."

„So, und jetzt gefällt es Ihnen nicht mehr?" meint der Toni trocken.

„Doch, doch", versichert Franz eilig. „Es tut mir leid, daß ich fort muß. Aber es ist eben so. Die Geschäfte rufen . . .!"

Toni sieht ihn zweifelnd an.

„Rufst du mir ein Taxi, Toni?"

„Warum ein Taxi?" meint der Toni. „In einer Viertelstunde fährt der Bus nach Brunnzell. Einen Augenblick — ich hole nur den Vater. Dann können Sie gleich Ihre Rechnung bezahlen."

Der Franz bezahlt die Rechnung und verläßt das Hotel.

Toni sieht ihn tatsächlich zur Bushaltestelle gehen. „So ein Angeber", denkt er, „ein Taxi sollte her. Dabei kommt er ebensogut im Bus nach Brunnzell."

Und er geht in den Garten, wo Cornelia, Anita und Hans-Georg Richter schon auf ihn warten.

9. Ertappt!

Der Alpenrosenwirt sitzt am nächsten Morgen in seinem kleinen Büro am Hoteleingang. Der Briefträger hat ihm gerade die Post gebracht. Alois Huber liest die vielen Anfragen um Zimmerbestellungen, und er liest auch die Dankschreiben, die ihm zufriedene Gäste schikken, wenn sie wieder daheim angekommen sind.

Alois Huber freut sich darüber. Der Dank der Gäste ist ihm die beste Empfehlung für sein Hotel.

Er trägt gerade die Neubestellungen auf einem Kalender ein, als Frau van Haag ins Büro tritt.

„Guten Morgen, Herr Huber", grüßt sie mit ernstem Gesicht, „ich muß Ihnen etwas sagen, etwas recht Unangenehmes."

Alois Huber sieht verblüfft auf. Es ist selten, daß die Gäste sich bei

106

ihm zu beklagen haben. Doch er hat für jede berechtigte Beschwerde ein offenes Ohr.

„Herr Huber, ich vermisse eine Geldtasche mit viel Geld. Sie ist weg. Gestohlen!"

„Das ist ein hartes Wort, Frau van Haag", entgegnet Herr Huber bestürzt. „Bis jetzt hat sich noch nie ein Gast bei mir eines solchen Vergehens wegen zu beschweren brauchen. Haben Sie alles genau nachgesehen? Haben Sie die Tasche womöglich verloren?"

„Ich habe sie nicht verloren. Erst heute früh habe ich den Verlust bemerkt. Ich habe alles nachgesehen, alles! Sie ist weg. Ich entsinne mich, daß ich sie auf dem Tisch liegenließ. Aber es lag schon oft Schmuck und Geld da, und nie hat mir etwas gefehlt."

„Es wäre richtiger, wenn Sie wertvolle Sachen in Ihrem Schrank verschließen würden", gibt Herr Huber zu bedenken.

„Ich bin ein wenig leichtsinnig, das gebe ich zu", meint Frau van Haag, „aber trotzdem darf in einem Zimmer nichts wegkommen, auch wenn es auf dem Tisch liegt. Man hat mich bestohlen!"

„Wir wollen einmal nachdenken." Alois Huber wird es heiß bei dem Gedanken, daß in seinem Hotel ein Diebstahl geschehen ist. „Sie hatten die Tasche auf dem Tisch liegenlassen. Wann haben Sie sie zuletzt gesehen?"

Frau van Haag denkt lange nach. Dann sagt sie mit Bestimmtheit: „Das war gestern früh. Ich hatte mein Zimmer verlassen, um mich vor dem Haus mit den Sardous zu treffen. Ja, ich entsinne mich genau — sie lag auf dem Tisch! Ich schloß die Tür hinter mir ab und ging hinunter."

„War Ihr Zimmer schon aufgeräumt?"

„Ja, Line hatte es aufgeräumt. Die Tasche lag noch da, als sie das Zimmer verlassen hatte."

„Sie haben den Schlüssel steckenlassen?"

„Ja, das tue ich doch immer. Eines der Hausmädchen hängt ihn dann hier im Büro ans Schwarze Brett."

„Wer war nach Ihnen noch im Zimmer?"

„Das weiß ich nicht", sagt Frau van Haag verzweifelt. „Oder doch! Ich schickte Xaver nach oben, damit er mir meinen Schirm hole."

„Also war er in Ihrem Zimmer?"

„Ja, aber er hat Cornelia den Schirm gegeben, und das Mädchen brachte ihn mir."

„Sie haben Xaver dann nicht wiedergesehen?" fragt Alois Huber nachdenklich. „Nein, das ist einfach nicht möglich. Xaver ist seit dreißig Jahren bei mir. Nie hat er sich etwas zuschulden kommen lassen. Ich glaube das einfach nicht."

„Wir müssen ihn fragen", drängt Frau van Haag. „Viel Geld ist schon manchem zum Verhängnis geworden!"

„Ich tue es ungern", wehrt sich Alois Huber, aber er schickt Resi, die gerade vorbeikommt, den Xaver zu holen.

Der Xaver hat, wie immer, sein gutes, hilfsbereites Lächeln auf dem Gesicht, als er ins Büro des Alpenwirtes tritt.

„Was kann ich tun?" fragt er gleich, als er Frau van Haag sieht. Man merkt es Alois Huber an, wie unangenehm ihm das Verhör ist, das er nun mit dem langjährigen Mitarbeiter beginnen muß.

Er fragt eindringlich: „Xaver, warst du gestern vormittag im Zimmer Frau van Haags?"

„Freilich", sagt der Xaver sofort, „ich wollte ja den Schirm holen."

„Lag auf dem Tisch, als du ins Zimmer kamst, eine Geldtasche?"

Xaver denkt angestrengt nach. „Nein", meint er dann, „eine Geldtasche habe ich nicht gesehen. Ja, ich weiß es jetzt genau. Es lag keine da! Ich sah nur eine Zeitschrift liegen. Das fiel mir auf, weil darauf ein nettes Kinderbild war."

Alois Huber schweigt. Xavers Worte klingen so ehrlich.

Aber Frau van Haag fragt plötzlich: „Sie haben die Geldtasche nicht genommen, Xaver? Sie haben sie nicht vom Tisch genommen?"

Der alte Xaver wird ganz blaß. „Aber Frau van Haag", stammelt er verwirrt, „wie können Sie so etwas denken? Nie in meinem Leben habe ich etwas Fremdes an mich genommen. Herr Huber wird es bezeugen. Nie hat sich ein Gast über mich beklagt."

Alois Huber ist ärgerlich über die direkte Frage der Holländerin. Aber dann versteht er sie. Sie wollte den Hausdiener mit einer plötzlichen Frage verwirren. Xavers Antwort und sein Verhalten lassen jedoch keinen Zweifel an seiner Unschuld zu.

„Entschuldigen Sie, Xaver", sagt sie freundlich, „ich glaube Ihnen. Wer aber ist noch in meinem Zimmer gewesen? Cornelia brachte mir den Schirm. Sie haben ihn ihr sicher auf der Treppe übergeben?"

108

„Aber nein", beteuert er. „Als ich ins Zimmer kam, war der Schirm schon nicht mehr da. Dann war Cornelia vor mir im Zimmer!"

Der alte Xaver erschrickt selber über seine Worte. Hatte er jetzt nicht Cornelia angeklagt?

„Cornelia?" sagt nun auch Alois Huber. „Aber nein, das ist nicht möglich. Das Kind kann es nicht gewesen sein."

„Das glaube ich auch nicht", meint Frau van Haag kopfschüttelnd, „dieses liebe, kleine Ding. Nein, das ist nicht möglich."

„Ich glaub's auch nicht", bekräftigt der Xaver und sieht dann sinnend vor sich hin.

Wenn sie es nun aber doch gewesen sein sollte? Hatte sie nicht vor ein paar Tagen zu ihm gesagt, daß sie gern reich sein möchte? Daß sie es schön fände, viel Geld zu haben? Um Gottes willen! Cornelia wird es doch nicht getan haben!

„Wir müssen auch Cornelia fragen", hört er Alois Huber sagen. „Geh, Xaver, und hole sie. Sie hilft ihrer Mutter bei den Zimmern."

Xaver schlurft davon. Er kommt sich plötzlich sehr alt vor. Er hat ein Gefühl, als wollten ihn die Beine nicht mehr tragen.

Er findet Cornelia im zweiten Stock. Sie räumt die Papierkörbe aus. Auf Xavers Bitte, mit ins Büro zu kommen, ist sie gleich bereit.

„Du machst ja ein Gesicht, als hättest du Essig getrunken", lacht sie ihn aus, als sie neben ihm die Treppe hinuntergeht.

„Ich bin nur ein bißchen traurig", meint er und seufzt tief.

„Dann muß ich dich wieder fröhlich machen", sagt sie. „Geh, Xaver, so ein Gesicht macht man nicht, wenn die Sonne schön scheint! Sie kriecht ja hinter die Wolken, wenn sie dich sieht."

Aber Xaver kann nicht mit ihr lachen. Sein Herz ist ihm gar zu schwer.

Der Wirt sieht das Mädchen prüfend an, das so frisch, so unbeschwert vor ihm steht. Aber auch bei ihr kommt er nicht um die Frage herum, die er nun stellen muß.

„Warst du gestern vormittag im Zimmer von Frau van Haag?"

Cornelia überlegt kurz, dann hellt sich ihr Gesicht auf. „Aber ja", sagt sie dann sofort, „ich habe ja den Schirm geholt."

„Wo war er?"

„Er hing am Haken an der Wand", erwidert Cornelia erstaunt über die seltsamen Fragen.

„Hast du, als du im Zimmer von Frau van Haag warst, eine Geldtasche auf dem Tisch liegen sehen?"

Auch Cornelia muß nachdenken. Dann meint sie: „Ich habe nur nach dem Schirm gesehen."

„Lag keine Geldtasche auf dem Tisch, Cornelia? Denke genau nach!"

Cornelia wird vor lauter Nachdenken ein wenig unsicher. Die anderen sehen es wohl.

Aber dann sagt sie bestimmt: „Nein, ich habe nichts gesehen!"

„Gar nichts? Lag auch keine Zeitschrift auf dem Tisch?" fragt Alois Huber streng.

„Ich weiß es nicht! Ich habe doch nicht auf den Tisch gesehen! Ich dachte nur an den Schirm", beteuert Cornelia fast heftig.

Die anderen sehen sich an. Warum wird das Kind so ängstlich? Hat Cornelia etwas zu verbergen?

Da geht die Tür auf. Frau Therese stürzt aufgeregt herein. Ihre Augen blitzen vor Empörung.

„Im ganzen Hause tuschelt man, daß eine Geldtasche gestohlen worden sei und daß man Cornelia in Verdacht habe. Herr Huber, warum verdächtigen Sie mein Kind? Cornelia hat nie und nimmer etwas genommen, was ihr nicht gehört. Niemals würde Cornelia einen Diebstahl begehen."

„Bitte, Frau Therese, regen Sie sich nicht auf", beruhigt er sie. „Ich muß alles prüfen, was im Augenblick verdächtig erscheint. Cornelia war gestern vormittag im Zimmer von Frau van Haag. Ich muß feststellen, inwieweit Cornelia etwas mit dem Diebstahl zu tun haben könnte. Es ist ja auch in Ihrem Interesse, Frau Therese."

Die Mutter nimmt Cornelia liebevoll in die Arme. „Kind", bittet sie inständig, „sieh mich an! — Nun sage mir — hast du die Geldtasche weggenommen?"

Cornelia sieht in die Augen der Mutter, die so flehend auf sie gerichtet sind, und sagt klar und fest: „Nein, Mutti, ich habe keine Geldtasche genommen. Du weißt, daß ich das nie tun würde. Nie! Ich weiß nicht, wo sie hingekommen ist. Aber ich war es nicht!"

Alle atmen hörbar auf. Cornelia sagt die Wahrheit. So kann ein Kind nicht lügen!

Aber dann sehen sie sich wieder ratlos an. Ein langer Blick Frau van Haags geht zu Xaver. Einer muß es doch gewesen sein, der alte Mann oder das Kind!

Xaver ahnt, was Frau van Haag denkt, und sagt: „Ich war es auch nicht! Aber damit Sie es glauben, bitte ich Sie, in meiner Kammer nachzusehen, ob ich die Tasche versteckt habe. Kommen Sie mit. Mir ist nicht bange."

Davon will Alois Huber nichts wissen. Aber Frau van Haag meint schließlich: „Warum sollen wir nicht nachsehen? Aber dann sehen wir auch bei Cornelia nach, damit beide ihre Unschuld beweisen können."

„Es ist mir recht", lächelt Frau Therese. „Wir haben nichts zu verbergen. Kommen Sie zuerst zu uns, damit ich wieder an meine Arbeit gehen kann!"

Die Holländerin steigt mit den beiden, mit Xaver und dem Wirt zum Dachgeschoß hinauf. Resi sieht ihnen nach und lächelt boshaft.

Anna meint: „Weder dem Kind noch dem Xaver traue ich etwas Schlechtes zu. Nein, die sind es beide nicht gewesen!"

„Na, ich könnte der Cornelia schon so etwas zutrauen." Resi zieht die Mundwinkel verächtlich nach unten. „Die tut immer so schön. Dabei denkt sie an ganz etwas anderes."

„Du bist eine ganz Böse", schüttelt Anna den Kopf. „Geh, dich mag ich nicht mehr ansehen."

Aber Resi lacht nur.

In Frau Thereses Stübchen stehen sie nun alle und sehen sich um Alois Huber, als Wirt, hat das schwere Amt, die Schubladen und Fächer in den Schränken zu untersuchen. Man sieht es ihm an, daß ihm das alles recht unangenehm ist.

Er ist froh, daß er bisher nichts gefunden hat. Er glaubt auch nicht an die Schuld des Kindes und freut sich darauf, mit einer herzlichen Entschuldigung das Zimmer wieder verlassen zu können.

Er zieht die oberste Schublade der Kommode auf und hebt ein wenig die darin befindliche Wäsche an. Da liegt eine Geldtasche aus braungenarbtem Leder.

„Das ist meine Tasche", flüstert Frau van Haag verwirrt, „es ist wirklich meine Tasche", es klingt so fassungslos, als könne sie es nicht begreifen.

Auf Frau Thereses Gesicht liegt ungläubige Erstarrung. Das kann doch nicht wahr sein! Das ist bestimmt ein schrecklicher Traum, aus dem sie jeden Augenblick erwachen muß.

Aber die Tasche liegt da, und nun blicken sie alle auf Cornelia.

Die Augen des Mädchens sind weit geöffnet. Cornelia ist, als müßten alle ihren Herzschlag hören.

Dann wirft sie sich der Mutter in die Arme und ruft voll Entsetzen: „Nein, ich habe es nicht getan! Mutti, ich habe es nicht getan! Bitte, glaube mir, ich war es nicht!"

Alle sind erschrocken über den heftigen Ausbruch des Kindes. Er klingt so echt, so verzweifelt, daß sie gern an Cornelias Unschuld glauben möchten.

„Aber Kind, wie kommt die Tasche in euer Zimmer?" fragt der Wirt leise.

„Ich weiß es nicht", jammert Cornelia an der Brust der Mutter. „Ich habe sie nie in den Händen gehabt."

„Sie ist leer", sagt Frau van Haag, „das Geld ist gestohlen!"

Es ist still in dem kleinen Stübchen.

„Ich glaube nicht, daß es Cornelia war", sagt da Frau van Haag leise, „aber ich finde keine Erklärung. Wer kann es nur gewesen sein?"

Sie wissen es alle nicht.

Alois Huber sagt schließlich: „Wir wollen wieder an unsere Arbeit gehen. Ich werde mir überlegen, was wir noch unternehmen können, um Cornelias Unschuld zu beweisen. Lassen Sie mir etwas Zeit, Frau van Haag!"

Dann verlassen sie still das Zimmer.

Frau Therese nimmt Cornelia in die Arme und streicht ihr über das Haar. „Ich weiß, daß du es nicht gewesen bist, Kind. Dazu kenne ich dich zu gut. Irgend jemand hat uns übel mitgespielt. Ich bin sicher, daß wir das bald herausfinden. Weine jetzt nicht mehr! Die Gäste sollen nichts von deinem Kummer merken."

In der Küche drängt Frau Berta: „Alois, du kannst Therese nicht mehr länger beschäftigen. Die Gäste laufen uns ja davon, wenn sie hören, daß das Kind eine Diebin ist. Alle werden meinen, daß sie auch bestohlen würden."

„Cornelia hat nicht gestohlen", entgegnet der Wirt ärgerlich, „so lange ihre Schuld nicht bewiesen ist, ist sie unschuldig."

„Und die Geldtasche von Frau van Haag in Thereses Kommode? Ist das nicht Beweis genug?"

„Nein", sagt er hart. „Das ist mir kein Beweis. Lasse mich jetzt in Ruhe, Frau! Ich werde den Fall klären."

„Vater wartet, bis die Gäste alle abgereist sind", spöttelt Resi und kichert.

Toni braust auf: „Sei still! Du hast dich nicht einzumengen! Und kein Wort sagst mehr gegen Cornelia, verstanden?"

„Ich sage, was ich will", trotzt Resi. „Für mich ist sie eine Diebin. Au!" schreit sie auf, denn der Toni hat sie unsanft an den Haaren gezogen.

„Toni", knurrt der Vater. Aber sein Blick ist nicht böse, als er den Jungen ansieht.

So wie der Vater ist auch Toni bereit, sich für Cornelia einzusetzen. Er überlegt, wie er ihr helfen kann, um ihre Unschuld zu beweisen.

Cornelia ist traurig und unglücklich. Der entsetzliche Verdacht, der auf ihr lastet, bedrückt sie. Sie wagt keinem in die Augen zu sehen, so sehr schämt sie sich.

Frau Huber läßt sie die Gäste nicht bedienen, damit niemand ihr verweintes Gesicht sieht und ihr womöglich verfängliche Fragen stellt. Sie beschäftigt das Kind in Keller und Küche, und Cornelia ist froh, daß niemand sie sieht.

Xaver, der im Keller ein Regal zusammenbaut, sagt zu ihr: „Kind, komm, sag einem alten Mann die Wahrheit! Hast du's getan oder nicht?"

„Nein, Xaver", entgegnet Cornelia traurig, „ich habe nicht gestohlen."

„Du wolltest doch aber mal viel Geld haben", erinnert der Xaver sie. „Weißt du noch, wie du mir das sagtest? Reich wolltest du sein und dir alles kaufen können! Weißt du das noch?"

„Ja, das hab' ich gesagt. Aber ich würde deshalb doch nicht stehlen, Xaver! Nie!"

„Schon gut", nickt er, „ich glaube dir ja." Und er geht mit einem tiefen Seufzer an die Arbeit.

Cornelia denkt an Herrn Richter. Wenn er wüßte, in welchem Verdacht sie ist — er würde sofort alles nur Denkbare unternehmen, um ihr zu helfen. Aber er ist nicht da! Am Morgen ist er mit Zöllners nach Weltenhausen gefahren, um von dort aus zum Feuerkogel aufzusteigen. Am Nachmittag wollte er wieder zurück sein.

Sie wartet auf ihn mit brennender Ungeduld. Sie weiß, er wird ihr helfen, wie er es versprochen hat, als sie Freundschaft miteinander schlossen.

Immer wenn ein Auto vor dem Hotel hält, hofft sie auf seine Rückkehr. Aber dann sind es stets heimkehrende Gäste, die dem Wagen entsteigen, und sie ist enttäuscht. —

Line hat dem Augenblick entgegengebangt, da die Holländerin den Diebstahl entdecken würde. Sie glaubt schließlich, Frau van Haag vermisse die Tasche überhaupt nicht.

Am Morgen aber geht es rasch unter dem Personal der „Alpenrose" um, daß Frau van Haag bestohlen worden sei. Line erschrickt, aber sie läßt sich nichts anmerken. Niemand hat sie gesehen! Was hat sie also zu befürchten?

Resi flüstert ihr zu: „Weißt du, Line, wer's getan hat? Die Cornelia! Da siehst du, was von der zu halten ist. Jetzt gehen sie hinauf, um nach dem versteckten Geld zu suchen."

Line beißt sich auf die Lippen. Mein Gott, sie werden die Geldtasche finden! Was hat sie sich nur gedacht, als sie die Tasche in Thereses Kammer versteckte? Hat sie Therese und das Mädchen absichtlich belasten wollen?

„Nein", redet sich Line ein, aber eine innere Stimme sagt ihr: „Lüge nicht! Du hast die beiden belasten wollen! Du hast sie nicht leiden können! Du wolltest ihnen irgend etwas antun!"

Nun ist es soweit. Therese und Cornelia werden das Haus verlassen müssen. Herr Huber wird sie nicht länger beschäftigen können.

Line fühlt sich sicher. Nach der Durchsuchung von Frau Thereses Zimmer sind alle wieder an die Arbeit gegangen. Cornelias Mutter hilft still, aber ein wenig blaß, in der Küche. Das Mädchen sitzt auf der Eckbank am Küchenfenster und näht Knöpfe an die Bettwäsche.

Da ruft der Toni vom Gang her: „Line, du sollst mal zum Chef ins Büro kommen!"

Line schrickt zusammen und wird blaß. Was will der Wirt von ihr? Ist er nicht zufrieden mit dem, was er bis jetzt herausgefunden hat? Ist ihm die Tasche in Frau Thereses Zimmer nicht Beweis genug?

Auf schweren Füßen geht sie den Gang zu Alois Hubers Büro hinunter.

„Line", sagt der Wirt leise, „ich muß auch Sie mal fragen, ob sie nichts Verdächtiges gesehen haben. Ich will und kann einfach nicht glauben, daß Cornelia gestohlen haben soll. Erinnern Sie sich doch mal, ob Ihnen etwas aufgefallen ist, was man mit dem Diebstahl in Verbindung bringen kann! Haben Sie am gestrigen Vormittag niemand gesehen, der sich in Frau van Haags Zimmer zu schaffen machte?"

„Nein", sagt Line schnell, „ich habe niemand gesehen. Ich weiß nur, daß Cornelia in Frau van Haags Zimmer war, um den Schirm zu holen. Das heißt — sie teilte frische Handtücher aus, und da sie gerade im ersten Stock zu tun hatte, sagte ich ihr, sie solle gleich Frau van Haags Schirm mit nach unten nehmen."

Line schweigt bestürzt. Sie sieht Alois Hubers Augen erstaunt auf sich gerichtet.

Hat sie jetzt zuviel gesagt? Warum muß sie auch zugeben, daß sie selber Cornelia geschickt hat, den Schirm zu holen?

„Das verstehe ich nicht", meint der Wirt kopfschüttelnd. „Frau van Haag gab doch Xaver den Auftrag, den Schirm zu holen."

„Ja, ja." Lines Blick geht über des Wirtes Kopf hinweg. „Das hörte ich zufällig, als ich am Fenster im Gang stand. Und da Cornelia sowieso in der Nähe war, schickte ich sie. Frau van Haag mag das Mädchen doch so gern. Ich dachte, sie würde sich freuen, wenn ihr Cornelia den Schirm brächte."

„Hm", macht Alois Huber, denn die Darlegung Lines leuchtet ihm ein. „Das stimmt, denn als der Xaver ins Zimmer kam, war der Schirm nicht mehr da. Aber auch die Geldtasche fehlte. Cornelia meint, sie könne sich nicht entsinnen, ob etwas auf dem Tisch lag. Und Sie wissen auch nichts, Line?"

„Wie sollte ich etwas wissen?" Line tut beleidigt. „Ich war ja nicht im Zimmer von Frau van Haag."

„Ja", Alois Huber ist ratlos. „Ich dachte, daß Sie vielleicht etwas beobachtet hätten. So sind wir also noch nicht weiter. Gehen Sie nur wieder, Line! Ich muß sehen, wie ich allein weiterkomme."

Line ist froh, daß sie das Büro wieder verlassen kann. Das ist noch einmal gutgegangen. Der Chef wird schon nichts herausbekommen! Franz ist mit dem Geld längst in München, und in Thereses Zimmer lag die Geldtasche. Line kämpft die Gewissensbisse nieder, die immer wieder in ihr aufsteigen, und geht an die Arbeit.

Cornelia ist im Hof und sieht dem Toni zu, der mit geschickten Händen den Zaun repariert, der Hof und Garten voneinander trennt. Dabei spricht sie mit ihm englisch, und Toni gibt ihr, noch ein wenig stockend, aber richtig, seine Antworten.

Plötzlich springt sie auf. Ein Auto hält vor dem Hoteleingang!

„Das ist Herrn Richters Wagen! Er ist eben zurückgekommen!" ruft sie.

„Du kannst wohl um die Ecken gucken?" neckt der Toni.

„Nein, das höre ich am Geräusch. Ich muß schnell zu ihm." Und sie läuft über den Hof in den schmalen Gang hinein, der zur Straße führt . . .

Zöllners sind schon ins Haus gegangen. Aber Hans-Georg Richter steht noch am Wagen und unterhält sich mit einem Gast aus der benachbarten Pension. Er sieht Cornelia, winkt ihr zu, verabschiedet sich und kommt näher.

Cornelia sieht ihm bange, aber doch hoffnungsvoll entgegen.

„Guten Tag, Cornelia!" grüßt er laut. „Da bin ich wieder! Es war wunderschön. Hast du den Tag auch gut verbracht? Sieh, was ich dir mitgebracht habe!"

Er holt zwei bunte Kuhglocken aus seiner Rocktasche und läßt sie lustig aneinanderklingeln.

„Oh, was sind die hübsch", sagt das Mädchen und freut sich an dem hellen Klang. „Ich danke dir recht herzlich, Onkel Hans-Georg."

„Hm", meint er prüfend, „trotz deiner Worte scheinst du mir traurig zu sein. Ist etwas geschehen?"

„Ja, Onkel Hans-Georg", entgegnet sie leise, „etwas ganz Schreckliches", und dann erzählt sie ihm, was ihr den ganzen Tag über so viel Kummer bereitet hat.

„Das ist doch wohl nicht möglich", empört sich Hans-Georg Richter. „Man wird doch nicht ernsthaft an deine Schuld glauben?"

„Aber die Tasche lag in Muttis Kommodenfach", sagt Cornelia verzweifelt.

„Irgend jemand hat sie dahin getan. Davon bin ich überzeugt. Ich werde herausfinden, wer die Gemeinheit begangen hat. Ich wüßte jemand, dem ich das zutraute."

Er denkt an Resi, sagt ihr aber nichts.

Da kommt auch der Toni dazu. „Was sagen Sie zu der Sache, Herr

Richter?" fragt der Junge, „Cornelia ist das nie und nimmer gewesen. Aber wer hat es getan?"

„Wir wollen einmal alle unter die Lupe nehmen", überlegt Herr Richter. „Da ist Anna. Aber nein, das glaube ich nicht. Xaver halte ich auch nicht für schuldig. Martha? Nein. Resi?"

„Aber Herr Richter", wehrt Toni ab. „Nein, meine Schwester ist frech und oftmals auch ungerecht, aber einen Diebstahl traue ich ihr einfach nicht zu. Könnte es nicht einer von den Gästen gewesen sein?"

„Das ist natürlich möglich", gibt Hans-Georg Richter zu. „Aber wir werden es schwer haben, das herauszufinden. Und Line? Wie ist es mit der?"

Auf Tonis Gesicht zeigt sich Überraschung. Dann meint er: „Sie hat dem Vater gesagt, daß sie nicht in Frau van Haags Zimmer gewesen sei. Sie wüßte nichts von einer Geldtasche."

Eine Weile ist es still zwischen ihnen. Dann sagt Toni langsam: „Herr Richter, jetzt fällt mir etwas ein", und er erzählt, wie er Line vor Frau Thereses Kammer antraf, wie er das Augenzwinkern zwischen dem Gast Franz Bernauer und Line beobachtete und wie er sah, daß Line dem Gast etwas zusteckte. Er fügt hinzu: „Übrigens heißt Line auch Bernauer. Ob die beiden verwandt miteinander sind?"

Cornelia hat zugehört. Jetzt sagt sie hastig: „Vielleicht war es ihr Bruder? Ich mochte ihn gleich nicht. Onkel Hans-Georg, du weißt doch noch, was ich dir neulich sagte. Franz hat Line um Geld angebettelt, und sie hat ihm gesagt, daß sie nichts mehr hätte . . ."

„Und der Franz hat seine Hotelrechnung bezahlt, obwohl er kein Geld mehr hatte!" ruft Toni. „Er wollte sogar noch ein Taxi bis Brunnzell nehmen. Woher hatte er plötzlich das Geld?"

„Ich sehe da schon ziemlich klar", Hans-Georg Richter macht ein grimmiges Gesicht. „Paß auf, wir haben den Dieb! Komm mal mit, wir treiben jetzt die Line in die Enge . . ."

Line ordnet im Frühstückszimmer frische Blumen in die kleinen Tischvasen. Sie ist verwirrt, als plötzlich Herr Richter, Toni und Cornelia eintreten. Sie fühlt sich entdeckt, und ihre Hände beginnen zu zittern.

Dann geht alles sehr rasch. Hans-Georg Richter sagt ihr den Diebstahl auf den Kopf zu.

Line versucht sich herauszureden, verwickelt sich jedoch in Widersprüche und gesteht schließlich, die Geldtasche genommen und das Geld ihrem Bruder Franz gegeben zu haben.

„Und dann sind Sie noch so gemein, Line, und wollen die Schuld einem Kinde zuschieben", sagt Herr Richter voller Verachtung und Zorn. „Das verzeihe ich Ihnen nicht. Nun soll Herr Huber weiter über Sie entscheiden."

Der Alpenrosenwirt ist erschrocken, daß Line, die immerhin zwei Jahre lang bei ihm anständig und ehrlich ihren Dienst tat, als Diebin entlarvt wurde.

„Ich muß Sie sofort entlassen, Line", sagt Alois Huber entrüstet. „Ich kann es meinen Gästen nicht zumuten, daß sie weiter von Ihnen bedient werden. Ich habe sogar obendrein den Schaden. Das Geld kann ich Frau van Haag nicht wieder beschaffen. Ich muß sie jetzt kostenfrei bei mir wohnen lassen, um sie einigermaßen zu entschädigen."

Line wird rot und senkt den Kopf.

„Eines freut mich dabei nur", sagt der Wirt, „daß nämlich Cornelias Unschuld nun erwiesen ist! Ich wußte, daß das Mädel für eine solche gemeine Tat nicht in Frage kam."

„Das wußten wir doch alle, Vater", sagt der Toni.

„Wir werden uns nach einem neuen Hausmädchen umsehen müssen, Berta", Alois Huber seufzt auf. „Wir werden kaum wieder einen so netten Menschen finden, wie es Frau Therese ist."

Da sagt Cornelia: „Ich kann doch an Lines Stelle helfen. Sie sollen gar nicht merken, daß sie fort ist, Herr Huber."

„Nein, nein, Cornelia, dazu bist du noch zu jung. Du warst schon fleißig genug. Mach deiner Mutter nur weiter kleine Handreichungen, das genügt schon."

Herr Richter legt den Arm um Cornelias Schulter: „Herr Huber hat recht."

Die Line aber geht nach oben, um ihre Koffer zu packen. Cornelia sieht ihr nach, und Mitleid regt sich in ihrem Herzen.

„Arme Line", denkt sie traurig, „wegen dieses leichtsinnigen Bruders hast du das getan!"

10. Glück zu dritt

Der Morgen ist warm und mild. Kein Wölkchen steht am blauen Himmel. Sonnenschein liegt über den Tälern und den graubraunen Felsen der Berge.

Hans-Georg Richters Gesicht zeigt Zufriedenheit. Endlich hat er einmal einen ganzen Tag mit Cornelia und ihrer Mutter!

Vergnügt vor sich hinsummend, fährt er die Straße entlang, zur Rechten die rauschende Ache, zur Linken den Berg.

„Du bist so vergnügt", sagt Cornelia, „als hättest du eine große Freude."

„Die habe ich auch", nickt er. „Weißt du noch, wie ich dich am ersten Tag in der ‚Alpenrose' bat, mit mir und der Mutter eine Fahrt nach Oberwart zu machen?"

„Ja", Cornelia wird ein wenig rot, „aber ich sagte dir, daß es nicht ginge, und da warst du enttäuscht."

„Ja, ich war enttäuscht, denn ich konnte ja nicht wissen, wie du das meinst. Heute holen wir die Fahrt nach, und deswegen freue ich mich. Wir werden nun noch viele schöne Fahrten zusammen machen. Herr Huber ist dir einiges schuldig, da man dich ja zu Unrecht verdächtigt hat."

Frau Therese muß ein bißchen lächeln, aber sie sagt nichts.

Je weiter sie Waldach hinter sich lassen und dem Ende des Tales entgegenfahren, desto steiler ragen die Berge vor ihnen auf.

In Oberwart, dem letzten Ort im Waldachtal, ist freilich reger Betrieb. Hier gibt es große Hotels und große Parkplätze. Hier kann man schon eher von einem internationalen Ferienort sprechen.

Herr Richter hat den Wagen auf einen der Parkplätze gesteuert. Dann stehen sie mitten im Treiben der Menschen.

Der Fahrweg nach Oberwart war ständig angestiegen. Sie merken bald, daß der Ort 1600 Meter über dem Meeresspiegel liegt. Es weht ein frischer, fast kühler Wind, trotz des strahlenden Sonnenscheines.

Cornelia zieht ihre rote Strickjacke an.

„Sieh nur, Onkel Hans-Georg!" ruft sie, denn erst jetzt bemerkt sie die schwebenden Kabinen der Seilbahn, die lautlos nach oben ziehen.

„Darin fahren wir jetzt", nickt er, „oder bist du bange, Cornelia?"

Sie schüttelt heftig den Kopf. Sie möchte nicht zugeben, daß es ihr doch ein wenig komisch zumute sein wird, so zwischen Himmel und Erde zu schweben, denn sie ist noch nie mit einer Seilbahn gefahren.

In einem breiten, modernen Bau ist das Maschinenwerk der Seilbahn untergebracht. Dort ist auch die Kasse für die Fahrkarten. Die Menschenschlange wird rasch abgefertigt, denn die kleinen, viersitzigen Kabinen fahren ununterbrochen hinauf und herunter.

Cornelia sieht sich in dem komplizierten Fahrwerk um. Auf der einen Seite kommen die Kabinen zurück. Ein Angestellter der Seilbahn hilft beim Aussteigen. Dann schwenkt die leere Kabine in einem Kreisbogen herum und steht den neuen Fahrgästen, die hinauf wollen, zum Einsteigen zur Verfügung.

Sie steigen in eine rote Kabine, denn jede hat eine andere Farbe. Das sieht lustig aus, wenn sie hoch oben in der Luft gegen den Berg schweben.

„Wie bunte Schmetterlinge", meint Cornelia und läßt sich auf dem schmalen Sitz neben der Mutter nieder.

Herr Richter sitzt ihnen gegenüber. Das elektrische Kontrolllämpchen steht auf Rot. Als es Grün anzeigt, drückt der Fahrleitende den Hebel zurück. Die Kabine schwenkt mit einem Ruck aus der Halle.

Cornelia wird ein wenig blaß. Hans-Georg Richter sieht es wohl, und er beobachtet sie unauffällig.

„Bleib ruhig sitzen", meint er. „Dann hängt die Kabine still und bewegt sich kaum. Man darf übrigens auch nicht schaukeln. Aber das wirst du ohnedies nicht tun."

„Bestimmt nicht", lächelt Cornelia und wagt einen Blick zur Seite.

Sie schweben über den letzten Häusern Oberwarts. Die großen Hotelbauten sehen von hier oben recht klein aus. Die Menschen krabbeln wie bunte Ameisen in den Straßen herum.

Dann sinkt der Ort allmählich unter ihnen weg. Er ist verschwunden. Zurück bleibt nur das leise Summen des Aufzugs, zuweilen ein hartes Knacken und ein leichtes Schaukeln, wenn die Kabine über die Stützgerüste rollt.

Die Berge sind ihnen um vieles näher gekommen. Zum Greifen

nahe ziehen die Felswände an ihnen vorbei, nachdem die letzten hohen Wipfel der Fichten unter ihnen geblieben sind.

Es ist eine fast beklemmende Stille, die die majestätische Bergwelt um sie herum ausstrahlt.

In Cornelias Augen liegen Bewunderung und Freude, aber auch Bangigkeit und ein wenig Angst, als sie tief unter sich die Erde versinken sieht.

Herr Richter greift nach ihrer Hand. „Du brauchst nicht bange zu sein. Oben hängen wir noch fest. Die Erde ist uns also noch nicht ganz entrückt. Ein dickes Seil verbindet uns mit ihr.“

„Es ist Cornelias erste Seilbahnfahrt“, entschuldigt die Mutter.

Cornelia lächelt Hans-Georg Richter an. Das Lächeln sagt ihm, daß sie keine Angst mehr hat.

Es sieht aus, als ginge die Fahrt geradewegs in den Himmel hinein. Aber dann taucht das feste Gebäude der Bergstation auf. Die Kabine knackt noch einmal über ein Stützgerüst und schwebt dann in die Halle hinein.

Cornelia ist jetzt doch erleichtert, daß die Himmelfahrt ein Ende genommen hat.

„Es waren genau zwölf Minuten“, sagt Hans-Georg Richter nach einem Blick auf seine Uhr.

„Mir war es, als sei es eine Stunde gewesen“, meint Cornelia.

„Das erscheint einem anfangs immer so. Nun wollen wir uns auf dem Berg umsehen.“

Die Menschen, die die Seilbahn heraufbringt, verteilen sich rasch. Jeder hat ein anderes Ziel. Hier oben gibt es außer Geröll und struppigem, hartem Gesträuch nichts Grünes. Ein kalter Wind pfeift über die Höhen. Der Himmel ist tiefblau. Im strahlenden Sonnenschein leuchten Steine und Felsen gelbbraun.

Sie steigen einen breiten Geröllweg bergan zum Plateau hoch, auf dem das große, moderne Hotel-Restaurant steht.

„Wenn wir uns ein wenig umgesehen haben, essen wir dort zu Mittag“, entscheidet Hans-Georg Richter. „Dann machen wir eine kleine Tour zur Grindlingalm. Ich habe mir sagen lassen, daß es dort großartige Schlagsahne gibt“, und er zwinkert Cornelia zu.

„Warum siehst du mich an?“ lacht sie. „Mutti ißt ja auch gern Schlagsahne.“

„Das wußte ich nicht. Außerdem verrate ich euch, daß ich sie auch gern mag."

Es wird ein wundervoller Tag.

Nach dem Mittagessen im Hotel machen sie sich auf den Weg zur Grindlingalm. Es führt ein ausgebauter Pfad dorthin, aber er besteht wie alle Wege hier aus Geröll. Er ist auch nicht überall gleich breit. Oft ist er so schmal, daß sie hintereinander gehen müssen, um nicht seitwärts abzurutschen.

Jetzt sehen sie auch noch breite Schneerinnen in den Felsen. Der Schnee ist nicht mehr weiß. Er ist löcherig und grau, aber es ist immerhin Schnee, und Cornelia schickt sich an, in die graue Decke hineinzuspringen.

„Das wirst du nicht tun", Hans-Georg Richter hält das Mädchen zurück. „Wenn der Schnee sich hier oben so lange halten konnte, so beweißt das, daß er tief in einer Spalte liegt und deshalb nicht wegschmelzen konnte. Es kann sein, daß du tief einbrichst, wenn du ihn betrittst."

Die Grindlingalm erstreckt sich auf windumwehtem Gipfel gegen den Hohenachenberg. Während mehrere Gebäude dem Almbetrieb dienen, ist ein flacher Holzbau den Gästen vorbehalten.

Auf dem kleinen Plateau stehen Tische und Bänke. Der Gastbetrieb ist gut besucht, aber Herr Richter, Cornelia und Frau Therese finden noch drei freie Plätze.

In weitem Rundblick kann man tief in das Tal hinuntersehen, in dem, trotz des Sonnenscheins, ein wenig Dunst liegt. Drüben, auf der höchsten Spitze des Hohenachenberges, steht ein Stahlkreuz.

Hans-Georg Richter erkennt durch sein Fernglas die Bergsteiger, die bis zum Kreuz hinaufgestiegen sind, und er sieht auch die, die noch im Fels ansteigen.

Er reicht Cornelia das Glas, und sie sieht staunend nach oben.

Dann sitzen sie gemütlich bei Kaffee, Kuchen und Sahne.

„Sie ist wirklich gut", meint Hans-Georg Richter mit einem Blick auf den Sahneberg, und Cornelia und Frau Therese pflichten ihm bei.

Cornelia aber denkt: „So müßte es immer bleiben! Immer müßten wir so zusammen sein!"

Als sie später wieder mit der Seilbahn der Erde entgegenschweben und mit dem Wagen nach Waldach zurückfahren, ist es ihr, als sei es nie anders gewesen, als habe Herr Richter immer zu ihr und der Mutter gehört . . .

In der „Alpenrose" tritt ihnen Toni entgegen.

„Ein Telegramm für Sie, Herr Richter", sagt er, und dieser nimmt es verwundert.

Cornelia sieht ihn traurig an, als er liest.

„Erbitte sofortige Rückkehr. Großer Geschäftsabschluß mit Argentinien bevorstehend. Möchte nicht allein die Verantwortung tragen. Meinhardt."

„Ist es etwas Schlimmes?" fragt Cornelia leise.

„Nein", sagt er, „oder ja, wie man es nimmt. Ich muß morgen früh abreisen. Ich werde dringend zu Hause gebraucht . . ."

„Aber nein", sie ist so erschrocken, daß ihre Stimme ganz heiser klingt, „du kannst doch nicht so plötzlich fortfahren, Onkel Hans-Georg!"

„Ich muß. Es steht für mich viel auf dem Spiel. Ich bin jetzt immerhin fast vier Wochen hier. Sei nicht traurig. Ich schreibe dir. Ich vergesse dich nicht, bestimmt nicht."

Cornelia unterdrückt die Tränen, die aufsteigen. Alles war so schön. Sie hatte gedacht und geglaubt, daß es nie enden würde, und nun sollte mit einem Male alles vorbei sein?

„Cornelia, du weißt, was ich dir gesagt habe. Wir sind zwei gute Freunde und werden es immer bleiben."

Sie nickt.

Als sie abends allein mit der Mutter in ihrem Stübchen ist, weint sie leise vor sich hin.

„Mädel, ich habe es dir doch immer gesagt", beginnt die Mutter behutsam, „es war eine Ferienbekanntschaft! Es werden so viele Ferienbekanntschaften geschlossen. Man verspricht sich gute Freundschaft und will sich schreiben, aber wenn man dann daheim ist, sieht alles anders aus. Die Sorgen des Alltags füllen das ganze Leben aus und lassen die kleinen Erlebnisse im Urlaub bald vergessen. Behalte den netten Feriengast in deiner Erinnerung, dann hast du etwas Bleibendes von ihm."

Cornelia kann in dieser Nacht kaum schlafen. Immer muß sie an den Abschied von Hans-Georg Richter denken.

Sie nimmt sich vor, recht tapfer zu sein, aber als sie ihm dann am Morgen gegenübersteht, muß sie doch weinen.

„Liebe kleine Cornelia", sagt er herzlich und nimmt sie in die Arme, „auch mir fällt der Abschied schwer. Aber vertraue mir. Ich werde schon alles gutmachen."

Sie sieht durch ihre Tränen kaum, wie er seine Koffer in den Wagen packt. Er verabschiedet sich von Hubers und von der Mutter. Dann surrt der Wagen davon.

„Wenn Cornelia jedem Feriengast so nachweinen würde, gäbe es bald eine Überschwemmung in Waldach", bemerkt Resi spöttisch. „Du liebe Zeit — wie kann man nur so albern sein!"

Da läuft Cornelia davon und wirft sich in ihrem Stübchen auf das Bett.

Sie merkt es in den nächsten Tagen überall, daß ihr Hans-Georg Richter fehlt.

Aber auch die Mutter vermißt etwas. Ihr ist, als sei zum zweitenmal ein lieber Mensch aus ihrem Leben gegangen.

Eines Tages reist auch Frau van Haag ab. Sie gibt Frau Therese und Cornelia ein gutes Trinkgeld.

„Bleibe immer ehrlich, mein Kind", sagt sie noch. „So wirst du am weitesten im Leben kommen."

Dann fahren auch die Zöllners fort. Anita und Armin versprechen, Cornelia zu schreiben, und die winkt dem Wagen lange nach.

Als nach einer Woche auch noch die Sardous abfahren, kommt es Cornelia vor, als sei das ganze Hotel leer. Dabei kommen fast täglich neue Gäste an. Doch Cornelia meint, nie wieder eine Freundschaft schließen zu können.

Von Hans-Georg Richter ist schon zwei Tage nach seiner Abreise ein Kartengruß gekommen. Dann hat er nichts wieder von sich hören lassen.

Cornelia ist still und traurig, und Resi findet immer einen Grund, um sich über das niedergeschlagene Mädchen lustig zu machen.

Toni sagt: „Nein, ich glaub's einfach nicht. Der Herr Richter hält bestimmt sein Wort. Paß auf, eines Tages bekommst du einen dicken Brief von ihm, und alles ist wieder gut."

Aber an keinem der nächsten Tage ist ein Brief von Hans-Georg Richter unter der Post, die für die „Alpenrose" bestimmt ist.

124

„Sicherlich wird er mir zum Geburtstag schreiben", denkt Cornelia — aber dann entsinnt sie sich, daß er ja nicht weiß, wann sie Geburtstag hat.

Trotzdem fragt sie den Toni am Geburtstagsmorgen, ob ein Brief für sie dabei ist.

Der Toni blättert die Post durch und verneint bedauernd. Da geht Cornelia traurig davon.

„Es macht mir gar keinen Spaß mehr, hier zu sein, Mutti", bekennt sie, „ich möchte viel lieber wieder in München sein."

„Ich kann jetzt Herrn Huber nicht im Stich lassen, Kind. Das wäre nicht recht von mir. Auch in München würde dein Kummer nicht geringer. Sei doch nicht traurig. Das Leben ist nicht so, wie wir es uns gern ausmalen. Jeder hat seine Pflichten und Aufgaben, die er nicht vernachlässigen darf. Sieh, heute ist dein Geburtstag. Du bis 13 Jahre alt geworden. Das ist doch ein Grund, daß du dich freust. Jeder hat mit kleinen Geschenken an dich gedacht. Der Toni hat dir ein so hübsches Kästchen gebastelt, Frau Huber hat dir eine wunderschöne Schürze geschenkt. Sogar Resi hat dich nicht vergessen. Abgesehen von den Geschenken von Xaver, Martha und Anne. Jeder hat dich lieb, und darüber willst du dich gar nicht freuen?"

„Du hast ja recht, Mutti — ich bin undankbar. Aber ich kann eben Onkel Hans-Georg nicht vergessen. Ich kann es auch nicht glauben, daß er mich vergessen hat."

„Das hat er sicherlich nicht", tröstet die Mutter, „aber er hat jetzt andere Sorgen, als an ein kleines Mädchen zu denken. Nun geh hinunter. Ich glaube, Anna hat nach dir gerufen."

Cornelia geht die Treppe hinunter. Daß der große Freund sie vergessen zu haben scheint, ist für sie eine herbe Enttäuschung. Es erschüttert das Vertrauen, das sie in die Versprechungen der Erwachsenen gesetzt hat.

Ihr Schritt ist müde, als sie um die Treppenbiegung geht.

Da hört sie einen Wagen vor dem Hotelportal vorfahren. Es ist ein Geräusch, das sie unter Tausenden heraushören würde.

Ihr Herz klopft aufgeregt und laut. Hastig eilt sie die letzten Stufen hinunter und springt dem großen Mann, der da zur Tür hereinkommt, geradewegs in die geöffneten Arme.

„Cornelia!" ruft er. „Was? Du weinst ja! Jetzt, wo ich da bin, weinst du?"

„Ach, ich weine ja vor Freude", schluchzt sie. „Heute bist du gekommen! Gerade heute!"

„Freilich, ich wollte dir doch selber zu deinem Geburtstag gratulieren."

„Woher weißt du das denn, Onkel Hans-Georg?" fragt sie erstaunt.

„Den hat mir Anita noch verraten", lacht er. „Ja, und nun erwartest du sicherlich ein Geschenk von mir?"

„Nein, gar nicht. Ich bin schon froh, daß du da bist!"

„Wie schade", meint er und blinzelt, „und ich wollte dir etwas Besonderes bringen. Etwas, wonach du dich die ganze Zeit über gesehnt hast. Und nun willst du es nicht?"

Sie sieht fragend und zweifelnd nach ihm auf.

„Willst du keinen neuen Vater? Einen, der dich lieb hat und immer für dich sorgen möchte?"

Da wirft sie sich ihm in die Arme. „Ja, den möchte ich gern haben!"

„Komm", sagt er. „Wir wollen der Mutter Bescheid sagen. Meinst du, daß sie mit meinem Geschenk einverstanden ist?"

„Bestimmt. Sie mag dich auch gern. So gern, wie ich dich mag."

Dann stehen sie beide Hand in Hand vor Frau Therese, und Cornelia sagt: „Mutti, hier bringe ich dir meinen neuen Vater. Du bist doch auch mit ihm einverstanden oder nicht?"

Über Frau Thereses Gesicht zieht ein Lächeln. Sie reicht dem Mann beide Hände hin.

„Nun gibt es doch wieder ein Glück zu dritt", sagt Cornelia, und sie ist so froh, wie noch nie in ihrem Leben.

Ende dieses Karo-Buches

Beliebte Tierbücher

aus dem

NEUEN JUGENDSCHRIFTEN-VERLAG

Bugge	Kari, die kleine Tierfreundin
Dinglreiter	Rob und sein Bär
Ecke-Siebold	Försters Christel und ihre Tiere
Ecke-Siebold	Försters Christel in Hohentann
Ecke-Siebold	Försters Christel am Kranichsee
Ecke-Siebold	Försters Christel und Tasso
Hansen	Vickys Tierparadies
Herder	Kleiner Hund — großer Wirbel
Knaak	Axel reist ins Burgenland
Knaak	Der rote Schlauberger
Knaak	Der Räuber vom Waldsee
Knaak	Gefährten des Försters
Landwehrmann	Frohe Zeit mit Silberherz
Löns	Mümmelmann
London	Wolfshund White Fang
Prunkl	Dingo ist der Beste
Schmook	Räuber auf gnadenloser Jagd
Schmook	Fritz und die Tiere
Schönrock	Ein Pferd für Heike
Schwarz	Mein kleiner Freund
Siebold	Beim Förster in Falkenhorst
Weiger	Juttas Lieblingspferd
Wingert	Christine und ihr Pony Schnute
Wingert	Christine siegt beim Ponyrennen
Wingert	Fritzchen Frisch im Försterhaus
Wingert	Zweimal Dschungel und zurück

Prospekte unseres umfangreichen Verlagsprogramms
senden wir auf Wunsch gern zu.